Cali

De son vrai nom Bruno Caliciuri, Cali est un auteur-compositeur-interprète français. Sa discographie compte notamment à ce jour sept albums studio en solo. En 2009, il publie aux éditions Plon un livre d'entretiens, *Rage*, dans lequel il fait part au public de ses nombreux engagements. Avant d'être auteur de livres, Cali est un auteur de chansons, écorché vif par les injustices de la vie et éternel amoureux tiraillé par la passion. *Seuls les enfants savent aimer* est son premier roman, paru en 2018 aux Éditions du Cherche Midi.

SEULS LES ENFANTS
SAVENT AIMER

CALI

SEULS LES ENFANTS SAVENT AIMER

cherche
midi

MIXTE
Papier issu de sources responsables
FSC® C003309

Pocket, une marque d'Univers Poche, est un éditeur qui s'engage pour la préservation de l'environnement et qui utilise du papier fabriqué à partir de bois provenant de forêts gérées de manière responsable.

ISBN : 978-2-266-28776-0
Dépôt légal : février 2019

à ma maman
à mon papa
à Carol Bobé

« On revient toujours gueuler sur la tombe de sa mère comme un chien abandonné. Jamais plus, jamais plus, jamais plus. »

Romain GARY

L'heure que je n'ai pas vécue. Ton enterrement. Ils m'ont dit de rester à la maison, et je me retrouve là, dans ta chambre, près du lit. Je vois leur peine. Et leurs larmes sous le soleil. Je vois à travers le volet mal fermé. Ça pleure, ça gémit, ça se tient par les mains. Les uns derrière les autres, à petits pas. Ils empruntent la route qui mène à la place de l'Entente-Cordiale. Ensuite, tu le sais, ça monte et on arrive au pied de l'église.

Papa se tient derrière la voiture noire. Papa, c'est le plus costaud. Ses bras sont des ailes. Il tient mon frère sous un bras, de l'autre il serre fort mes sœurs. Suit une famille d'oncles, de tantes, de cousins, et après d'autres personnes, des grands et des petits, des jeunes et des vieux, portant tous des vêtements noirs. Je perçois leurs visages. Je connais chacun d'eux : nom, prénom, tête et expressions. Ma famille, les proches, les gens du village : ils sont tous là.

Je n'ai pas le droit d'être avec eux. Ils ont dit que j'étais trop jeune pour affronter la mort. Pas de taille pour être à tes côtés, marcher avec eux derrière toi.

Si, je te le jure maman. Trop jeune pour voir ce truc en bois descendre dans le trou creusé au cimetière. Là-bas, il y a aussi des gens que je connais. Deux employés de mairie, avec leur couleur de cendre. Je sais comment ils vont te recouvrir de terre et t'enfermer dans la nuit. Seulement, le « petit » ne doit pas entendre le bruit de la boîte au fond du trou, ce bruit sourd et profond quand tu toucheras le fond de ta dernière cabane.

J'ai six ans. Et je suis seul à guetter depuis cette chambre plongée dans le noir. Ils vont bientôt revenir de là-bas, du chemin creux derrière l'église. J'ai six ans et j'attends. J'attends quoi ? Je ne sais pas. Que mon grand frère Aldo revienne. Qu'on s'amuse un peu. Je n'ai pas le droit d'être triste, non ? J'ai envie que ces volets s'ouvrent, envie de lumière, être sous le soleil de ton enterrement…

Aujourd'hui, il n'y a pas école. Impossible de toute façon. C'est toi la maîtresse. Nous sommes le 7 janvier. La date est sur le réveil posé près de ton lit, maman.

7 janvier, six ans, Vernet-les-Bains, enterrement de maman, interdiction d'y aller, ai tout vu de la chambre, volet mal fermé, ne pas pleurer.

Notre appartement est juste au-dessus de ta classe. On vit ici tous les six. C'est grâce à toi, grâce à ton métier qu'on a cette maison.

Je suis content de retrouver notre maison. Bien sûr, j'aime beaucoup tonton Octave et tata Marcelle, mais je suis parti trop longtemps de chez moi. J'aime bien aussi leur chienne Diane, toute petite, toute minuscule. Leur bébé à eux. Tata Marcelle lui met même des pulls quand il fait trop froid. Eh oui, ça existe des pulls pour chiens. La preuve, elle en tricote. Papa a dit qu'il fallait que tu te reposes, maman. Alors, je suis parti là-bas.

Rue des Baux. C'est là qu'est leur maison. Au bout de la rue, en bas du village, numéro 8. Tonton, sa passion c'est son jardin japonais. Immense comme le monde avec des arbres tout petits. Il faut le voir s'affairer, tonton, parmi ces vies minuscules. Ces arbres de quelques centimètres frémissent dans l'air et dessinent un paradis de quelques mètres carrés. Depuis mon arrivée, je trace des petites routes de cailloux blancs. Elles filent entre des minicactus et des arbres nains. J'exécute ma tâche délicatement, essayant de ne rien bousculer de mon corps de petit devenu un jardinier géant.

Ça demande beaucoup de concentration, ces routes de rien. Il faut s'appliquer. Vraiment. Ce jardin est plus que la vie de mon oncle, c'est devenu mon monde à moi maintenant. Parce qu'on ne va plus les compter les années qui viennent, hein ? Puisqu'on m'a dit que la mort n'existe pas, plus la peine de compter. Personne ne me dira le contraire. Tout le monde sait bien que le mensonge c'est comme la mort : ça n'existe pas.

Tout au fond de son garage, tonton Octave prépare des pièges. Il me les montre. Il m'explique comment ça marche. Ce garage m'effraie un peu. J'ai toujours le cœur qui va de travers quand j'y pénètre. Il y a d'abord une pente en ciment, ensuite on entre dans la pénombre, tout prend la couleur de l'obscurité et une drôle d'odeur y règne. Je ne connais pas le nom de cette odeur, mais je n'en ai jamais reniflé d'autre comme ça. C'est l'odeur du garage de tonton Octave. Une odeur bizarre.

J'ai envie d'attraper ces insectes avec les pièges, mais aussi pas tellement envie de les voir mourir. J'imagine une abeille. Si elle se fait prendre et qu'elle est avec son petit, elle va être obligée de l'abandonner, là, tout près d'elle ? Ou bien son petit viendra au-dessus de la bouteille et se fera attraper lui aussi ? Parce qu'il est construit avec une bouteille d'eau minérale, ce piège. Une bouteille coupée net aux trois quarts en haut. La partie restante, on la récupère, on la met en sens inverse, c'est-à-dire on rentre le goulot dedans, vers le bas… Au fond, tonton a versé du miel. Résultat : c'est la bouteille de la mort. Attiré par le miel, l'insecte est foutu ; il glisse sur une sorte de toboggan en plastique et ne peut plus remonter. Il se noie dans cette colle exquise. Et meurt d'une lente agonie parmi de délicieuses vapeurs.

Tonton a placé quatre pièges-bouteilles aux quatre coins du garage. Autour de sa voiture. Elle est impeccable sa voiture. Pas une égratignure. Bleue comme un ciel. Entourée de pièges mortels, elle est comme un temple au repos.

Pendant mon séjour, ce sera ma mission quotidienne : aller voir le matin si de petits animaux sont morts, piégés par la bouteille. J'y vais mais à contrecœur, car c'est bien mon cœur qui est près de rompre, de se déchirer et s'éparpiller là en pleine lumière. Si d'un côté j'ai la curiosité d'aller tout vérifier en agent secret, de l'autre ces insectes ne m'ont rien fait. Quel serait mon plaisir à les voir quitter ce monde ? Tonton Octave joue le jeu : il m'accompagne. Rien dans nos pièges. Je suis déçu.

J'ai dû quitter notre maison, l'autre jour, mais ce n'est pas moi qui l'ai décidé. Papa m'a pris fort dans ses bras et m'a porté comme une plume jusqu'à ton lit. Mais ton vrai lit n'est pas là d'habitude. Tu étais allongée dans le salon, sur le canapé rouge. On a commencé à t'y mettre à cause du soleil qui tapait trop fort dans la chambre. Le soleil d'hiver, ça peut brûler. Je t'ai regardée. Tu as ouvert les yeux, et tu m'as souri. Un petit sourire… ce sourire te faisait mal. Je ne t'ai pas trouvée aussi belle. Je t'ai trouvée trop maigre. Mais tout ça, c'est normal, maman, c'était à cause de ta maladie.

Tu portais ta robe de toujours, la jaune, avec des carrés orange.

Dans la cour de l'école, ta robe est mon refuge. J'aime me cacher dedans. Tu me repousses un peu car tu es une maîtresse juste, la maîtresse de tout le monde, de tous les enfants. Mais tu souris quand même car tu es ma maman. Ton sourire c'est le mien, il n'est que pour moi. J'ai de la chance…

Je me suis penché sur ton lit ; tu m'as serré dans tes bras. Oh pas grand-chose, tu n'as pas la force de papa. Rien du tout mais beaucoup.

Tu as caressé ma joue avec ton pouce, doucement. Je t'ai entendue murmurer des mots. Comment les entendre plus haut ? Tu étais si malade. « Je t'aime, mon petit Bruno. » Ensuite un faible « Au revoir ». Ensuite plus rien. Papa m'a dit : « Maman s'est endormie. » Il a ajouté : « N'oublie pas. » Alors, je me suis glissé près de ton oreille et j'ai soufflé, aussi délicatement que tu me parlais : « Bon anniversaire, maman chérie. » C'était le 3 janvier. Tu avais trente-trois ans depuis le matin. Sur la table, il y avait une bouteille de champagne vide. Et trois verres. Dans l'un, encore un peu de champagne. Papa y a trempé le doigt et l'a doucement étalé sur mon front. À chaque anniversaire, il fait ça papa. Le champagne, ça porte chance.

C'est tonton Sylvain, ton frère, qui avait apporté la bouteille. Mais moi, quelle surprise aurais-je pu te faire ? En m'appliquant, je suis sûr que j'aurais pu te jouer quelque chose sur le mélodica de tonton Octave.

Et puis le 5 janvier.

Je m'en souviens : tata a arraché le 4 du petit calendrier au-dessus du Frigidaire. Et m'a tendu la feuille. Je les garde dans une boîte. Sur celle enlevée, il y avait un 4 écrit au milieu. En dessous le dessin du jour : un monsieur, avec une casquette vissée sur la tête, est en train de fumer. Il sourit en tendant son pouce vers un chien qui lève la patte de devant comme s'il lui rendait le bonjour.

Tata Marcelle était en pleine préparation du repas de midi dans la cuisine. Je l'entendais sans bien la voir. Le carreau de la porte de cuisine laissait passer beaucoup de lumière ; mais il déformait les gens de l'autre côté. Je jouais avec Diane dans le salon ; on aurait dit un écureuil. Autour de moi, des vitrines que je n'osais pas toucher ; l'envie ne m'en manquait pas... Des médailles, un avion en fer, des soldats, même un gant de boxe. C'était tellement bien rangé. La boxe... tonton avait un peu pratiqué... Mais le vrai sportif, le vrai boxeur c'était son frère, pépé Henri, ton papa, maman. Il aurait pu faire carrière en Amérique tellement il tapait vite et fort, mais il s'est marié avec mémé Stella et ils sont restés à Vernet-les-Bains. Il me l'a confié un jour où je l'ai trouvé très triste. Pépé est devenu ensuite un maçon doué, très réputé. Dès qu'il termine le toit d'une maison, il m'emmène en haut et c'est à moi que revient l'honneur de planter le bouquet de fleurs dans la cheminée. Pour les premiers habitants d'une maison, rien ne vaut ce bouquet de fleurs. Comme le champagne, ça porte chance.

Il était presque midi. Je l'avais deviné grâce à cette si bonne odeur dans la cuisine. Tonton Octave est arrivé à la maison. Il m'a donné un baiser sur le front tout en souriant, tout en pleurant. Puis il a rejoint tata.

De derrière le carreau, j'ai vu leurs corps déformés, si étranges ; ils bougeaient un peu, ensuite ils se sont étreints lourdement.

Enfin il a soupiré : « Mireille est décédée. »

Il s'est mis à pleurer bien plus fort.

Mireille, je sais que c'est toi, maman. Mais « décédée », ça veut dire quoi ?

Aldo nous a rejoints. Il a onze ans, Aldo. Il a pleuré. Il ne m'a rien dit pour autant. Alors, comme je veux toujours faire comme lui, je me suis mis à pleurer.

Les voilà, de retour de ton enterrement. Ils en ont mis du temps !

Je reconnais Mao, sa femme Josette. Tous les deux sont en train de soutenir papa. Mao, son meilleur ami, pleure autant que lui ; de toute façon tout le monde est bourré de larmes. Ils arrivent sur le pas de la porte. Papa les embrasse avant d'entrer, leur dit merci, ajoute : « Je veux être seul » – avec nous, sa famille.

Personne ne croise mon regard. Ils l'évitent, ce regard d'enfant triste. Un petit garçon de six ans abîmé.

J'aime être avec vous. Papa, Aldo, Gina, Sandra, et toi, maman.

Tout est devenu sombre. Une sorte de nuit inhabituelle est descendue sur nous. Nous devrions être ensemble, mais non. Chacun s'est enfermé dans sa chambre. Mon lit est au-dessous de celui d'Aldo. Sandra et Gina, je les entends pleurer tout près. Même s'il n'y a pas de bruit, leurs pleurs étouffés me parviennent. De ma chambre, par la fenêtre, on peut se hisser sur le toit qui domine l'école. Aldo, lui, préfère la solitude. Il s'est assis sur les tuiles rouges. Je voudrais qu'il me dise un mot, mais en lui c'est coincé. Je dois faire avec son silence. Il ne parvient qu'à pleurer, les yeux contre les genoux. Je le regarde. Il est beau mon frère. Papa aussi est seul. Il a refermé la porte de votre chambre. Je ne dois pas m'inquiéter, c'est normal tout ça, non ? Perdre sa femme, l'enterrer en début d'après-midi, rester seul. Il finit par ouvrir la porte, et je me colle tout de suite à lui. Sandra nous rejoint, puis Gina, et Aldo. C'est un instant la fin de la solitude de tous nos corps. On est agglutinés les uns aux autres ; on s'écroule sans se lâcher sur votre grand lit. Tout ce qu'il reste d'une famille s'enlace. Un fagot de chagrin jeté sur votre grande couche. Pas un mot, juste des pleurs à volonté. Je suis dessous, et papa nous serre fort. Il a son costume marron, le costume des jours importants. Il le portait pour les élections quand il a été élu adjoint au maire.

Tu t'en souviens ? Tu étais en train de te reposer sur ton lit quand un souffle de joie, une clameur, est arrivée comme un tsunami de la mairie au bout de la rue. On est accouru et on t'a annoncé la bonne nouvelle. Tes pleurs ce jour-là, des pleurs de joie, et des rires qui grimpaient loin dans le ciel. On avait gagné. Les autres, René, tonton Mario, des grands, des amis, tous ont porté papa en triomphe sur leurs épaules. Jusqu'à toi, maman. Puis ils t'ont soulevée et vous vous êtes retrouvés sur le toit du monde à vous embrasser. Et nous, les pieds sur terre, on vous a regardés tout émus. Un vrai feu d'artifice, cette victoire. Une joie magnifique. Tu t'en souviens ?

Je dois retourner à l'école aujourd'hui, après quelques jours passés à la maison. Des sortes de vacances d'enterrement. Elles sont terminées.

Ils disent tous « La vie revient », ils le font sentir à chacune de leurs paroles. Elle revient sans toi.

À l'école, les autres me lorgnent de travers. La maîtresse, Mme Cazes, m'embrasse et me prend une dizaine de secondes dans ses bras. Elle fait jamais ça d'habitude, Mme Cazes.

Elle me dit des mots gentils et puis elle me laisse enfin respirer un peu. J'étais à deux doigts de suffoquer.

Éric Cullell s'approche : « Ta mère est morte ! Ta mère est morte ! »

Un sourire cruel lui balafre le visage. Il a chantonné ça comme une comptine. Étrange cette attitude, même si ce n'est pas un méchant. Alors, maman, c'est vrai ? Tu es morte ? Vrai de vrai ?

Depuis mon arrivée, j'ai l'impression d'avoir un gros écriteau cloué dans le dos, et de le traîner où que j'aille. On a griffonné dessus : « Ma mère est morte. »

À la récréation, on me dévisage. Tout le monde, mes camarades de classe de CP comme les grands de CM2, ceux qui règnent au fond de la cour. Je suis un héros malgré moi. J'entends leurs commentaires à voix basse. Carol m'observe aussi. Elle est la plus belle de toutes. C'est curieux, mais c'est ainsi, maman : grâce à ta mort, Carol Bobé me regarde ! Je ne l'ai jamais dit à personne, je l'aime. Oh pas comme toi. Toi, c'est autre chose. Un jour, si j'ai du courage, je ne manquerai pas de le lui dire bien en face. Dès qu'elle s'approche, ma peau commence à brûler. Mais je tiens bon… Cette sorte de douleur-là envahit tellement vite le corps que ça donnerait presque envie de pleurer. Je sais un peu pourquoi : ce feu a sa douceur, une sorte de sirop de bonheur ! On devient fort en l'avalant, une telle délectation. Dans ces moments-là, ma vie, comment te dire, ma vie s'épaissit. Elle se multiplie, c'est ça : quand Carol s'approche de moi, ma vie se multiplie, comme si j'étais à la fois moi et dix mille fois moi…

C'est drôle, je ressens la même chose quand je sors de la piscine et me retrouve dans la cabine du vestiaire parmi les chamailleries des enfants qui s'habillent. Quand c'est la fin de l'après-midi, et que je reste longtemps dans ma solitude, tout nu, hors du temps, à regarder au loin par le hublot un ciel épousseté de tous ses nuages. Ma vie devient alors plus grande. Avec cette odeur de piscine, d'après-piscine, qui ne ressemble à rien d'autre.

Je suis heureux. Je vis, je vis. Dehors, les copains m'attendent. Jean-Mi, Pascal. On est bien ensemble ; je suis bien avec eux. J'ai besoin d'amour.

Ils ont décidé de tout brûler.

Papa n'y est pour rien. Il ne décide pas de grand-chose.

Papa il est triste. Papa il est dévasté. Papa il est perdu. Papa il a perdu. Il nous l'a dit l'autre jour. Maintenant que tu n'es plus là, il ne va pas mourir tout de suite mais il va mourir jusqu'au bout. On l'a regardé tous les quatre les bras en bas. Qui a eu cette ignoble idée, brûler toutes tes affaires, maman ? J'observe, caché derrière d'autres volets. Tu sais, ceux qui donnent sur la cour de récréation de ta classe de maternelle. Le soleil arrive de ce côté. Qu'est-ce qui leur prend de faire une chose pareille ? Le désespoir ? Tous ces fantômes qui portent les cartons jusqu'au milieu de la cour. J'aimerais n'en connaître aucun, hélas pour chaque visage je peux dire qui c'est. Je n'ose les reconnaître pourtant je les reconnais tous.

Ils sont arrivés tôt ce matin, ont ouvert d'un coup la porte de la penderie. J'ai entendu depuis ma chambre la petite musique des cintres qu'on déshabille, les tiroirs bousculés. Tout ça lâchement, sans même dire un mot. Espérons que dans leur faim de feu, ils me laissent quelque chose de toi. Laissez-moi un bout de ma maman ! Derrière ce volet, je les vois s'affairer ; comme l'autre jour lorsqu'ils t'ont emportée.

Ça veut dire quoi tout faire disparaître dans les flammes, réduire une vie en cendres, ne pas laisser de trace ? La maladie va-t-elle s'accrocher à quelqu'un d'autre après t'avoir dévorée ?

Ils ont peur. C'est ça : ils sont tenus par la trouille ! Je les connais tous, un par un, je les croise tous les jours. Ils se déplacent comme des créatures muettes et diaboliques, comme dans ces films de cauchemar diffusés la nuit. Silence général. Un des monstres tient un long bâton, et tranquillement attise les flammes avec. Les uns après les autres, ils vident les cartons pleins de toi dans le brasier au milieu de la cour. La chaleur monte jusqu'à mes yeux. Un crépitement énorme se fait entendre, on dirait un ogre heureux de tout porter à sa bouche. J'entends un gémissement, comme si une âme innocente tentait de fuir ce bûcher. Arrêtez, de grâce, arrêtez !

J'aimerais que ma voix s'élève, qu'elle leur parvienne, entre dans leurs cœurs froids. Arrêtez ! Personne n'entend. Personne ne dit mot. Il ne va plus rien rester de toi, maman, plus rien.

Tu brûles. Je te vois derrière les volets te défaire en flammes et en cendres, et je n'y comprends rien.

J'ai six ans. Et une famille a décidé de creuser plus encore ce trou béant laissé depuis ton départ.

Il faut que je te dise quelque chose… Un nouveau est arrivé à l'école aujourd'hui. Grand événement. Il se tient là, à côté de Mme Cazes, face à toute la classe. Dévisagé par tous. La maîtresse nous le présente, et lui, pendant ce temps, il ne bouge pas d'un pouce, tête baissée vers ses pieds. Pas facile de débarquer comme ça. D'arriver sans connaître la moindre personne. Il est plutôt petit, même tout petit. Il s'appelle Alexandre Jolly. Il relève enfin la tête pour aller rejoindre sa place. Je découvre ses yeux derrière ses cheveux trop longs. Ses yeux verts, grands, très verts, si grands. Peut-être même plus beaux que les miens. Si, si, maman ! Je ne veux pas qu'il soit plus beau que moi. Personne ne lui parle, mais on le scrute. Carol Bobé l'avale des yeux, c'est tout dire. Seul Jean-Marc Zanetti rigole au fond près du radiateur, qui a toujours l'air d'être sa propriété. « Jolly, t'es pas beau. » Jean-Marc Zanetti vient de caser sa remarque idiote de la journée.

C'est donc ça : Alexandre Jolly est la nouvelle vedette de l'école. Ça ne m'emballe pas du tout, cette histoire. Je viens de te perdre et lui arrive comme ça, et devient l'objet de toutes les attentions… C'est vrai qu'il éclabousse dans son beau pull vert foncé, sa chemise rouge qui en dépasse, ses jeans et ses baskets toutes blanches ! Il n'est que beauté, c'en est affolant. Monsieur a aussi la fraîcheur de la nouveauté ; tout le monde tournoie autour de lui à la récréation. Les filles ne cessent de le fixer ; Carol Bobé comme les autres. On lui pose des questions ; on n'en peut plus de désirer le connaître. Il jouit de son statut de petit nouveau. Ça m'énerve…

Avant de retourner en classe, il s'approche de moi. Je suis resté à distance ; je ne sympathise pas comme ça… Il me tend la main. Je ne tends pas la mienne, c'est moi qui décide.

La journée est longue, trop longue. Et moi je sens que je ne peux détourner mon regard de ce garçon aux yeux verts, qui se tient deux rangs devant et que je lèche des yeux. Je suis devenu sourd aux racontars de la maîtresse. Ce gamin est venu perturber nos vies ; il s'est pointé et on est bien obligés de se demander ce qu'il fait là, d'où il vient. Carol Bobé va-t-elle en pincer pour lui ? Non, non, pas question ! On m'envoie une punition, c'est ça ? Parce que j'ai mal agi, je le paie ? J'ai dû faire quelque chose de très mal pour mériter ça. D'abord, on me vole ma maman, ensuite un beau gamin débarque et me pique mon amour… Dieu, qui êtes peut-être là-haut, je ne sais où, je vous demande pardon.

Pardon maman, pardon pépé. L'autre jour, j'ai pris ta carabine à plomb dans l'armoire et suis monté sur la terrasse. Pan ! D'abord un coup dans le ciel. Quel bruit merveilleux ! Ensuite j'ai visé pour de faux la cheminée en face. Je jure, c'était trop loin pour le toucher. J'ai tiré un peu au-dessus, parce que je sais que le plomb retombe en fin de course. Ça a claqué dans l'air et j'ai vu alors plein de plumes saupoudrer le ciel. Pardon pépé. Pardon, désolé. Pardon maman, j'ai pas voulu lui faire de mal. C'est pour ça qu'on m'envoie ce garçon ? C'est la punition ?

Le nouveau se retourne une fois, puis deux... il cherche mon regard. La maîtresse lui a donné de nouveaux cahiers. Comme il est beau. Mais moi aussi je suis beau ! La preuve : mémé Stella n'arrête pas de me le dire, tata Marcelle pareil ! J'ai juste de trop grands pieds. À la piscine, je les dissimule comme je peux sous ma serviette. Et dès qu'il faut se jeter à l'eau, j'y vais à toute berzingue. Jean-Marc Zanetti, qui n'a que ça à faire, les a remarqués l'autre jour et s'en est moqué direct. J'ai pas hésité ; je lui ai collé la tête contre le mur derrière l'école et serré d'une main sa gorge de frimeur. Je voulais le tuer, mais je l'ai laissé en vie.

Alexandre Jolly. Je dois te détester. Alexandre Jolly, je voudrais te détester. Alexandre Jolly, il faut que je te déteste. Je n'y parviens pas. Te détester, te détester... Non. Tu te retournes et me souris encore. Ta beauté me nuit. Si je te trouve beau, comment ne pas imaginer que ça soit pareil pour Carol ? Tu as quelque chose d'indéfinissable dans le regard ; à cause de tes yeux je perçois un drame en toi. Oui, tu as les yeux tragiques et ça me bouleverse. Ça te va si bien, cette tragédie dans ton regard. Ça épouse la forme de tes yeux. Tu as un secret, toi. Je veux le connaître. C'est comme si je découvrais là, juste devant moi, à cet instant, l'être, l'enfant, qui allait rester avec moi, près de moi, toute une vie, toute la vie. À l'heure où tu me quittes, maman, ce petit garçon magnifique entre dans mon existence sans prévenir. Alexandre Jolly, je ne te connais pas, mais j'ai besoin de toi.

Mes désirs sont morts, je n'ai plus aucun plan de vie, excepté celui d'être à tes côtés.

À la sortie de l'école, il m'attend. On s'observe, on se renifle presque. Quelque chose d'inconnu m'enveloppe. Mon cœur tient à peine. Je le sens, le sais, l'entends. Oui, j'entends mon cœur : Alec, je voudrais serrer Alec dans mes bras. Alec, c'est trop bien ! Je vais l'appeler comme ça, et il me serrera fort lui aussi. J'ai besoin d'amour. J'ai besoin d'amour.

Il habite à deux pas de chez moi, juste cent mètres à parcourir à vol d'oiseau de la fenêtre de ma chambre. Je le suis, pas un mot d'échangé. On a la vie devant nous pour ça. Sa maison est immense, plus qu'immense, avec un parc d'une grandeur démesurée derrière. Je ne l'avais jamais remarquée. C'est la maison du nouveau directeur du collège hôtelier du village. C'est son papa. Alec me présente sa maman. Elle n'est pas très grande non plus.

« Maman, voici Bruno. C'est mon nouvel ami. »

J'ai envie de pleurer. Ces mots tombent en moi comme l'espoir d'une pluie sur un champ brûlé. J'aurais droit au bonheur ? Elle a vraiment une voix douce, exquise. Un peu comme si elle lisait de la poésie devant le bureau de la maîtresse. « Bienvenue, Bruno. Moi, c'est Marie-Josée. »

Elle m'embrasse, maman. Je viens de la rencontrer et déjà je désire qu'elle me retienne dans ses bras toujours.

Depuis ton départ, un voile noir a recouvert notre maison. Nous peignons tes silences sur les papiers chagrins des murs.

De retour du travail le soir, papa ne dit mot. Il s'assoit à table ; son regard glisse vers des contrées vides. Un néant que nous ne voyons pas. Il ne sait plus si je vais bien ; il ne sait plus comment va mon frère, ni mes sœurs ; comment ça se passe à l'école. Sandra s'occupe de tout. À douze ans, elle sauve comme elle peut notre famille du naufrage. Et prend soin de moi comme tu savais le faire, maman. Tu serais fière d'elle, à la voir préparer le repas en rentrant de l'école, sortir mes habits pour le lendemain. Ma grande sœur adorée. Quand elle ne brille pas de dévouement et d'affection à la maison, elle illumine l'école. Arlette nous aide également. Tu sais, Arlette Buzan, ta très bonne amie. Elle nous soutient à la maison sans oublier une seule seconde son mari et ses trois enfants. Elle est admirable. Elle fait le ménage et n'est pas économe en câlins. Et ça se voit qu'on en a besoin, de câlins.

Le dimanche soir, Arlette et son époux René régalent dans leur maison en haut du village. Toute la famille est invitée à manger. C'est un moment fraternel ; s'il reste un peu de joie, nous nous pressons pour la goûter autant que possible. La tristesse unit nos deux familles. Pendant que les Buzan réconfortent papa, nous jouons à cache-cache. Avec Bruno, Lili et Domi. Ça rigole. Je m'appelle Bruno à cause de leur Bruno. Je le sais, vous ne m'attendiez pas. On me l'a raconté ; j'y pense dès que je veux me faire du mal.

Quand je suis né, vous avez été en panne de prénom. Papa a proposé Enzo sans succès, vous avez fini par tomber d'accord sur Bruno, comme le petit d'Arlette. Tu le trouvais si mignon. Chez les Buzan, le dimanche est une vraie fête. Ça permet de tenir, un tel soutien, surtout quand le chagrin pèse si lourd.

À la fin du repas, Arlette nous offre à chacun une petite pièce. Toujours.

À la maison de Casteil. Nous profitons de cette autre maison que tu aimais, maman. Pas vrai ? Une petite bâtisse en pierre, au bout d'un petit village au-dessus de Vernet. En bas de la route en pente abrupte. Plus loin, la bonté d'une rivière, la magie d'une forêt. Moi aussi je l'aime bien, cette autre maison. Papa l'a dessinée. Seulement il doit la vendre et ça m'attriste de la voir partir.

Au fond du champ derrière, un grand rocher se dresse. Je grimpe dessus et m'allonge ; seul, je n'ai plus qu'à fermer les yeux. C'est mon refuge. Sur la poutre qui tient la cheminée, papa a posé ta photo. Tu souris en te tenant devant la porte vitrée qui ouvre sur le jardin. Tiens, ils ne l'ont pas brûlée cette image.

L'été dernier, c'était un soir, plus de lumière dans la maison. Pas grave. Tu as pris ma main et m'as raconté des histoires de « quand tu étais petite ». Une lampe à gaz ronronnait à côté de nous, et par sa lumière légèrement saccadée je te voyais conter tes récits comme dans un vieux film. Tu as posé ton châle rouge sur mes épaules quand je me suis endormi sur tes genoux.

Autour de nous régnait une odeur de feuilles et d'herbes qui montait de la forêt et pénétrait dans le moindre recoin de notre demeure. Une odeur de promesses d'été. Tu me manques à crever, maman. Jusqu'à quand vas-tu mourir ?

Ce matin, larmes collectives. Même papa.

On nous a volé Tecky, notre setter irlandais.

Des salopards sont venus de nuit, ont plié le grillage au-dessus de la niche et l'ont emporté. C'était un tendre, il n'a pas protesté.

Hier encore, il léchait mes bottes en plastique jaune et remuait la queue. Il me lapait les joues en me tenant par terre de tout son poids, ses pattes posées sur mes épaules.

Hier encore, j'ouvrais les bras, fermais les yeux et il venait. C'était fantastique. Je le sentais contre moi, comme si les poils d'un pinceau couraient sur mes joues.

Ils ont volé Tecky.

Comment peut-on voler un chien ?

Je monte sur le tas de ferraille près du clapier à lapins. Notre lapin blanc s'en est allé depuis longtemps... Au fond de sa cage, il reste des crottes séchées et une carotte qui n'est plus orange depuis une éternité. Je domine le monde de ma montagne faite pêle-mêle de fer, de clous et de boîtes de conserve vides. Je brise une branche du cerisier : elle se transforme en épée. Je me tiens debout. Je suis le plus redoutable des guerriers. Essayez, pour voir, de me déloger ! Mon épée, je la soulève, balaie le ciel avec, découpe l'espace à grands coups. Je la fais tournoyer dans le vent. Un vrai rayon de soleil qui va vous transpercer. Venez me défier. Je suis prêt à en découdre avec n'importe qui. Ô soldats du mal qui approchez à grand galop, vous allez goûter du tranchant de mon épée.

Que se passe-t-il ? C'est pareil à une décharge électrique. Impossible. Des félons m'ont pris par-derrière ; je suis touché. Aïe ! une douleur indescriptible remonte le long de ma jambe.

Un clou a traversé ma botte en plastique et s'est impeccablement planté dans ma chair. Je tombe, roule au sol. Je lâche mon épée de bois en hurlant à la mort. En essayant de me retenir dans ma chute, mon petit doigt s'ouvre en frottant le couvercle d'une boîte toute rouillée. Je crie à nouveau. Aldo et Gina me voient m'agiter sans bien comprendre, puis leurs yeux s'écarquillent. Effrayés, ils se précipitent vers moi.

Je voudrais que tu sois là, maman. Là, maintenant, tout de suite !

On me recueille ; on allonge l'enfant guerrier sur le canapé. Papa retire ma botte et aggrave la blessure en arrachant le clou qui transperçait mon pied. Je gémis, des larmes pissent dans mes yeux. Ma main saigne abondamment. Au-dessus de mon corps à vif, Sandra, Aldo et Gina me regardent en silence me démener. Dans leurs yeux, l'inquiétude est profonde. C'est peut-être grave, cette histoire. Je leur arrache les oreilles d'un nouveau cri.

Le docteur Jalibert arrive rapidement. Il jette un coup d'œil sur ma main, sur mon pied, et son visage grave s'apaise. Il rassure. Il faut désinfecter et faire une piqûre. Contre le tétanos, précise-t-il. Té-ta-nos ? C'est quoi ça encore ? Le diable pourrait porter ce nom-là : TÉTANOS. Pas question qu'on me pique. Je me dégage, pousse papa des bras, balance mes jambes en moulinets autour de moi. Je les atteins tous un à un. Dans un sursaut, je reprends mon combat. Tout le monde crie. La maison tout entière est un cri. Je glisse sous la table en faisant valser des chaises. Aldo me coince d'un côté et papa de l'autre. D'un coup, je suis ligoté et bâillonné par la grosse main de papa. Durée de ma révolte : deux secondes. Le docteur me pique.

Je n'ai rien senti mais ça ne m'empêche pas de renifler davantage. Le calme revient.

Je leur en veux, à tous.

Plus tard, on m'offre une sucette. Je l'accepte. Je ne meurs pas, maman.

Alec est devenu bien plus qu'un ami. On m'accepte chez lui un peu comme le cinquième enfant. Comme son frère. Les enfants, ce sont Christophe, Véronique, Sébastien, Alec et moi. J'y vais souvent dans leur grande maison, de jour comme de nuit. Je suis collé à sa maman, qui en retour me donne beaucoup d'amour parce qu'elle m'apprécie et connaît aussi ma vie.

Alec n'est pas jaloux de me voir l'embrasser et la câliner. Son papa, lui, est distant. Il a un travail difficile. Il se doit d'être dur, impassible. Il s'occupe d'adolescents perdus, en dérive, des jeunes qui n'ont pas de famille et que la vie a laissés sur le bas-côté du chemin. Son collège hôtelier est, pour tout dire, une maison de redressement. Ça lui bouffe la vie, ce travail où tout n'est que rapports de force. Le soir, quand il rentre, il n'a pas coupé. Il a toujours dans sa tête ses problèmes de direction. Ça crée une méchante ambiance dans la famille, tellement il est tendu et qu'on ne doit rien lui dire. C'est un papa autoritaire. Et très injuste. Alec, ça le bouleverse cette façon d'être, au plus profond de lui, je le vois à son visage mangé par le désespoir, et ses yeux qui prennent un tragique supplémentaire.

Chez lui, tout le monde a un surnom : Chris, Nine, Sandro, Rara ! Alexandre est Sandro, mais c'est avant tout mon Alec. On va tout partager lui et moi, tu sais. Tout. Secrets, pluies et chagrins, joies immenses comme minuscules. Quand il fait beau, c'est-à-dire presque tout le temps, on prend les vélos, on fonce sur les petites routes autour du village. On coince des bouts de carton pliés sur les pare-boue et ça pétarade comme une moto. Le carton tape sur les rayons et on se retrouve sur un vrai chopper… On joue aussi au foot dans le grand parc qui borde sa maison.

C'est même devenu un club baptisé FCCC, Football club des copains de Cauterets. C'était le seul écusson disponible, avec un oiseau noir dessus. On l'a acheté une misère, à La Caravane, chez Martine. La maman d'Alec l'a cousu sur nos tee-shirts. C'est quoi, Cauterets ? C'est où ? Pas grave. On a un club, rien que pour nous, et de vraies cages de foot au milieu du grand parc. Le soir, on joue aux petites voitures électriques, au troisième étage de la maison. Chris a juste le plus grand circuit du monde ! Un truc immense, aussi grand que ce grand étage. Quant à la chambre d'Alec, une magie. La mienne paraît celle d'un Lilliputien à côté. Là-haut, la nuit, on regarde les étoiles ; on voyage ; on s'envole. Notre vie va être belle. On ne va pas mourir.

Alec a aussi une armoire qui prend tout un mur. Impressionnant. Là-dedans, toutes ses affaires sont roulées en boule. Il y pioche quand il veut, comme il veut. Il y découvre toujours des pulls ou des pantalons neufs. Je n'ai pas d'habits comme ça.

Alec me fascine. Ma sœur Gina dit qu'il ressemble à Mick Jagger, un chanteur il paraît.

C'est évident, il a un truc différent. Moi aussi je suis différent !

On suit les cours de catéchisme que sa maman propose à tous les enfants du village. Ils sont tous si sérieux, alors que moi, rien à cirer de Dieu, Jésus et compagnie. Ce que je veux, c'est suivre Alec, faire tout comme lui. Il peut me demander n'importe quoi, j'accepte. Le reste ne compte pas.

Je ne vis presque plus à la maison, la nôtre je veux dire. Personne ne s'en inquiète. Papa continue de se noyer. Jour et nuit. Parfois, Aldo m'appelle depuis la fenêtre de notre chambre en direction de la maison d'Alec. Comme une vigie dans son nid de pie à la vue d'une terre, j'élève ma voix bien haut. Très drôle. Entre nos deux maisons, ce gros chien blanc, Mowgli. Tout le temps en train de tourner en rond. C'est le chien des Roussel. Un fou. Avec nous, sa folie redouble. Quand on s'appelle comme ça, au-dessus de sa cage, il gueule deux fois plus.

Je parle de Carol Bobé à Alec. Mon cœur bat terrible. Il l'a remarquée lui aussi. J'aimerais qu'il l'apprécie, pas qu'il l'aime. Je voudrais qu'elle m'aime, moi et moi seulement, pas ce garçon fraîchement arrivé dans la classe. On passe des week-ends entiers dans sa chambre à parler d'elle. On imagine des trucs ; on se fait des films. On déblaie à notre façon le terrain. Ça nous met en condition ; on est prêts pour le lundi suivant, on va être les héros de l'école. On sera tout pour elle. Mais elle ne regardera que moi.

Dans l'armoire, Alec déniche un short bleu, pareil au mien. Et aussi un sous-pull rouge. En fait, je porte toujours les mêmes fringues. Alec veut me ressembler, il faut qu'on soit partout pareils. Short bleu, sous-pull rouge, yeux verts. Une différence de taille : Alec est tout petit et mes guiboles sont rachitiques. Sans parler de mes grands pieds. J'ai toujours des plaies aux genoux, ça vient des matchs de rugby. Le rugby : pour une fois, c'est lui qui me suit…

On s'entraîne au grand parc. On essaie de faire des dérapages contrôlés. On court, on bloque, et on glisse sur le sol en terre battue. Dès qu'on maîtrisera, ce sera Carol l'impressionnée.

Je ne suis plus le premier de la classe. Le premier, c'est Alexandre Jolly.

Il écrit tellement bien, et moi tellement mal. À cause de ce défaut, je perds des points sur mes notes. Parce que je suis gaucher. Je m'en fiche, mon meilleur ami est premier.

Le soir on pose nos cahiers d'école sur nos genoux, sur mon lit, et on fait nos devoirs. Ou pas. Il m'arrive d'étreindre Alec très fort ; pour ressentir ce feu, je nous en étoufferais presque. C'est tellement bon ce que je ressens.

Une dame nous aide à la maison depuis peu. Elle s'appelle Lili. Une grande dame. Elle rit tout le temps. C'est la seule noire du village. Après l'école, Alec vient goûter chez moi. Lili gentiment nous prépare deux bols de chocolat au lait. Il me regarde dans les yeux tout en mettant un sucre dans son bol. Je l'imite. Il en rajoute un. Je fais pareil. Il sourit. Et en rajoute dix d'un coup ! Moi aussi. Le bol est saturé de sucres. Nous buvons sans sourciller, et sans nous quitter des yeux. Lili nous regarde et nous enveloppe de son rire. Mais elle ne reste pas longtemps chez nous. Nos bêtises l'épuisent vite. Complètement excédée, elle a même menacé de nous couper le « zizi » avec des ciseaux. Papa s'en effraie, et lui demande poliment de partir. On se retrouve seuls encore. Retour à la case départ. Sandra et Arlette essaient de sauver comme elles peuvent notre bateau en train de couler.

Des enfants sans maman, livrés à eux-mêmes, dans une maison : c'est toujours un désastre.

Je m'en fiche. Ma maison n'est plus là.

Tu es partie depuis trois mois. Ton absence gagne du terrain. Et me voici devant toute la famille réunie. Avant de partir, tu as souhaité que nous soyons baptisés. Tu le désirais plus que tout. Ça a été le dernier vœu que tu as fait à papa. Et aussi qu'il fasse attention à Aldo, qui te semblait fragile.

Me voici avec mon frère et mes sœurs vêtus comme moi : une robe blanche d'église, écoutant des histoires sur Jésus, Dieu le Père et la vie après la mort. Sans oublier le paradis. Je m'en fiche.

On tient chacun un cierge à bout de bras. Je fixe le mien. La flamme danse. C'est drôle, j'ai l'impression que c'est toi qui me regardes. J'en suis sûr maintenant, c'est toi qui me souris. Je sens au profond de moi que tu es heureuse de tout ce qui se passe ici dans ce lieu saint, maintenant, avec ceux que tu aimes. Comment ne pas sourire aussi ?

C'est déjà la fin de la cérémonie ; on a droit à un petit médaillon, avec une vierge gravée dessus. Papa s'approche et nous étreint. Il lui reste ça : nous. Dans la petite église bondée, tout le monde a les larmes.

Ceux qui nous sont proches, et qui ont tout brûlé de toi, nous encerclent tristement. Pardonne-moi si je n'ai rien écouté de ce que disait cet homme qui demande pardon à Dieu et pitié et tout ça. Mais tu étais là, maman, ça, je le sais. On ne va pas mourir.

Encore à l'église. Cette fois-ci, mariage de tonton Mario. Pourquoi ce besoin délirant de célébrer, festoyer ? Pour se rassurer ? Oublier ? T'oublier ? Ma vie est près de toi, pour toujours.

Je suis tout beau pour ce mariage. Sous-pull rouge et pantalon gris, celui qui gratte. Et ces chaussures marron trop grandes aux pieds. On ne voit qu'elles.

Ils font semblant d'être gais. C'est ce que je me dis en entendant ces rires faux et gras. Au bout de la nuit, la salle des fêtes est un champ de ruines. Sur une table, les restes d'une pièce montée, quelques morceaux vilains recollés ne donnent plus envie. Les bouteilles ont été vidées une à une. Papa a beaucoup bu. Il fixe le néant. Je viens me réfugier sous son bras ; il me souffle dans le dos. Et il le sait, j'adore ça. J'ai chaud sous sa bouche. Gina s'assoit avec nous, elle ne danse plus, et puis Aldo, et puis Sandra. On est bien ensemble. Personne ne vient plus nous embêter. Devant nous, comme un film. Nous regardons les autres qui s'amusent ou font semblant de s'amuser encore par cette nuit étrange. Papa nous raconte que tu as été élue Miss Vernet-les-Bains. Ça s'est passé au casino, dans la salle du bal. Tout le monde n'avait d'yeux que pour toi. Papa le jure, vrai de vrai ! « Votre mère, ma Mireille, était la plus belle femme du village. »

Depuis quelques jours, j'ai mal au ventre. Toujours au même endroit, en bas. Et là, franchement, aujourd'hui, j'ai vraiment trop mal. Le docteur me rend visite. Déjà, j'ai raté l'école, je n'ai pas vu Alec comme prévu – comme il me manque vite ! Peut-être a-t-il touché la main de Carol. Il a dérapé, elle l'a relevé, peut-être… Franchement, j'ai tellement mal que je me tords de douleur. Le docteur prononce la sentence : une appendicite. Les grosses douleurs portent toujours des noms très laids.

Faut y aller sans tarder.

Papa m'emmène à l'hôpital de Perpignan. Un long trajet.

Il est inquiet. Sur le chemin, allongé sur la banquette arrière de la voiture, je me demande si je vais mourir, encore mourir.

Je repense à Jean-Pierre Bini, l'après-midi où il est venu nous voir avec son papa à la maison de Casteil. Ce plein été, tu avais installé dans le jardin une piscine gonflable, le soleil tapait dessus. J'y pataugeais des journées entières ; l'eau était tiède, bonne, douce. Je faisais même pipi dedans ! Toi, tu me surveillais. Pareil qu'à l'école, sauf que c'était toi et moi. Je t'avais pour moi tout seul. Jean-Pierre Bini était bien malade, il avait les lèvres presque violettes, on m'avait prévenu. Mais sous le soleil de l'été, ça ne se voyait pas trop. Et puis on ne meurt pas l'été. Son père ne lâchait pas sa main. Quand tu as demandé à Jean-Pierre s'il voulait me rejoindre, son visage s'est éclairé.

Il avait tellement envie de se baigner. Il a arrêté de se cacher timidement derrière son papa, et tout souriant il s'est laissé déshabiller et m'a rejoint. Il a passé une jambe par-dessus le boudin rond de la piscine. Et là, d'un coup, j'ai hurlé : « Non ! non ! » Tu te souviens : ça me déchirait la gorge. Je l'ai repoussé sans ménagement. Et il a trébuché. Il est tombé. Il s'est mis à pleurer, il m'a regardé : il suppliait, maman. Tu m'as grondé. Son papa a dit que c'était sans importance… ils sont repartis. Il sanglotait, le petit Jean-Pierre, et son papa avait un air si triste. Jean-Pierre Bini est mort un mois après. Une maladie du sang. En plein été.

À l'hôpital, opération d'urgence. On s'affaire autour de moi avec des masques verts, des chapeaux verts, des tuniques vertes. On me balade sur un lit à roulettes. Papa me donne un baiser ; il n'a pas le droit de m'accompagner plus loin. Je vois un défilé de petites lumières blanches alors que je me tiens couché sur le dos, fonçant dans les couloirs. On m'étouffe avec un masque, cette odeur bizarre, inconnue, et puis je ne sais plus…

Je me réveille dans la chambre aux murs blancs.

Après mille nuits de sommeil au moins. Et un rêve précis : mon petit vélo blanc a la roue avant voilée et l'arrière carrément tordue. Mon père a retiré les deux petites roulettes : il était temps d'apprendre à tenir seul. Je choisis la rue de derrière pour mon essai. La plus pentue. Impossible : le vélo ne veut rien savoir. Je ne peux pas avancer. Comme un cheval qui craint le danger. Alors je me mets à pleurer, à crier, à hurler, comme si on m'arrachait un doigt. Mon père sort à la fenêtre et il hurle à son tour, une vraie bête qu'on n'arrive pas à achever. Maman, terrorisée, appelle au secours par l'autre fenêtre, celle qui donne sur la cour de l'école. Bientôt, tout le quartier n'est plus qu'un cri de désespoir, et les voisins se disent : « C'est encore eux… »

Je te cherche maman. J'ai mal au ventre, même si ce n'est plus la même douleur. Je soulève doucement la couverture : il y a un gros pansement tout en bas, avec de la peinture orange autour. Ça tire méchamment. Papa entre dans la chambre et chasse ma peur d'un seul sourire. Tata Magué, de Perpignan, passe me voir. Arrivent aussi pépé, mémé, bref tout le monde ! Tout s'est passé à merveille. Je vais bientôt rentrer chez moi.

En fait, je suis bien ici. On s'occupe de moi en permanence. Un seul manque, immense : Alec. Et toi, évidemment. Je pense à toi dès qu'on me laisse seul.

Alec, ça ne va pas rater, je vais lui raconter toute cette histoire de douleur et de pansement.

Exactement comme l'autre jour, à ta mort : quand je suis devenu le héros de l'école. Carol Bobé va vouloir prendre soin de moi, sûr !

Une infirmière vient me donner des soins. C'est un peu gênant quand elle touche doucement à l'entrejambe. Moi, je n'ai jamais montré « ça » à personne. Excepté à Alec, l'autre fois, au fond du parc. On a baissé en même temps nos shorts bleus. Pour comparer. On a à peu près la même.

Les jours passent. Et avec les jours les nuits. Je suis toujours dans la chambre blanche. Le blanc, ça n'a rien à voir avec le printemps, les fleurs qui reviennent, la chaleur qui vous enveloppe. Rien à voir. Le blanc, c'est la couleur de la mort. C'est pas le rouge, la vie ?

Je regarde la télé.

C'est papa qui me l'annonce : je ne vais pas rentrer à la maison de suite. La plaie est infectée ; ou enflammée, ou quelque chose de furieux comme ça. Le docteur a même prononcé un mot, pas facile à dire vite : péritonite. C'est quoi, ça encore ? Un copain de Tétanos ? Une maladie à tête de mort qui s'acharne sur les petits ? Je pleure... Je ne suis pas sûr de ne pas mourir. Tu les vois maman, depuis que tu n'es plus là, toutes ces choses moches qui m'arrivent ?

On m'étouffe encore avec un masque et puis plus rien.

Une infirmière, toujours la même, vient chaque jour défaire et refaire mon pansement. Je la regarde avec anxiété s'affairer au-dessus de mon visage. Elle agite toutes sortes de fioles, jaunes, rouges, bleues, comme si elle assaisonnait ma plaie. Chaque jour, elle pose sa main entre mes jambes. Après ça, elle me sourit. Chaque jour. Chaque jour, j'attends qu'on m'annonce que c'est fini.

Je reste un mois à l'hôpital. Au milieu de cette absence, loin de tout. Enfin, j'ai le droit de rentrer à la maison. Pour de vrai. Les infirmières m'embrassent ; elles se sont prises d'affection pour le petit mort en sursis. Je marche d'un pas fébrile jusqu'à la voiture ; avec un drôle de trophée donné par les médecins : le bout de moi ôté de mon ventre.

Il baigne dans son sang, dans un tube pas plus grand qu'un rouge à lèvres. Il a déjà sa cachette ; la boîte rouge en haut de l'armoire du salon, celle où l'on met les photos de famille, avec ceux qui sont morts, ceux qui sont encore là.

Dans cette boîte, je cherche toujours la même photo. La photo du mariage. Tu es si belle dessus, à côté de papa. On le voit signer un grand cahier. Et le maire de dos, en face de vous deux. Il y a aussi dans la boîte rouge une autre photo : nous trois, Aldo, Gina et moi. On est dans la cour d'école. Aldo se tient bien droit, Gina serre fort le lapin dans ses bras, et moi je tiens notre tortue.

Dans la boîte rouge, encore d'autres images, beaucoup de photos de classe. Tu es debout sur chacune d'elles, en haut à droite. À côté des enfants du village. Tu seras toujours la maîtresse de tous les enfants du village.

Papa me dépose chez mémé Stella. Je suis son malade à chaque fois que j'ai un truc, grave ou pas ; je reste au chaud chez elle. Aldo est là, pour m'accueillir. Il me raconte des bêtises, pour qu'il y ait un peu de sourire sur mon visage. Et comme ça marche, j'ai de la lumière quelques instants autour des lèvres. Il fait déjà presque nuit quand Mme Cazes vient me voir. Encore une maîtresse d'école rien que pour moi. Elle me prend comme la dernière fois dans ses bras, m'embrasse, me dit des petits mots doux. À l'école, elle ne ferait ça à personne. Il faudra que je le raconte à Alec… Elle me rassure, dit que je rattraperai rapidement tout ce que j'ai raté en classe. L'école, je n'y pense pas. Pas encore. Avant de partir, elle m'offre une boîte de bonbons rouge comme la vie.

Avec Aldo, crise de rire sur crise de rire. Il a toujours une bêtise à raconter. Il est incroyable. Quand je rigole comme ça, ça tiraille en bas. La cicatrice toute fraîche ; elle se rappelle à moi.

Je m'étouffe. Je m'étouffe pour de vrai. Un bonbon bien dur coincé dans la gorge. Un petit chat niché dans un fond de gouttière. Panique autour du rescapé. J'agite les bras, je me noie, je ne respire plus. Mémé hurle. Pépé hurle. Aldo de trouille se planque derrière le canapé. Je tombe à terre parmi les hurlements. Pépé me soulève, me retourne tête en bas, secoue le petit sac de chair et d'os que je suis. La mort est là. Le docteur arrive à toute vitesse ; on a déjà appelé une ambulance. On m'emporte en train de mourir. Oui je meurs, c'est parti, je meurs définitivement. Là-haut j'aperçois encore un grand lustre qui tourne ; il tourne et tourne tout excité dans le salon. Mon dernier soleil. Le flou envahit la pièce, mes yeux… Adieu ma vie. Une lente extinction. Puis rien. Pas même du silence. Rien.

J'ouvre les yeux. D'un coup je remonte de loin, d'un océan qui pèse cent tonnes, d'un abîme sans lumière ni chaleur. Je tousse, suffoque. Le petit mort est vivant. Bien vivant. Ça pleure autour de moi. J'ai avalé le bonbon.

Ce soir, répétition générale des danses catalanes. Je ne tiens plus en place. Tous les enfants du village sont là. Alec est dégoûté, il refuse le costume qu'on veut lui faire porter ; il le trouve ridicule. Un truc de fille. Pas pour un gars qui en plus n'est pas catalan. Sa mauvaise humeur ne tient pas la route ; il fait sa crise. L'autre fois, le jour de carnaval, c'était de la joie pure, tout le contraire. Il voulait se déguiser en gitane ! Marie-Josée, sa maman, a consenti ; elle nous a apprêtés pour le bal. On est devenus gitanes en quelques minutes, troquant pantalons et tee-shirts contre robes, bijoux et maquillage à outrance. On est arrivés au milieu de la salle du casino, dans une assemblée de pirates, de Superman et de princesses. Succès immédiat. Alec était la plus mignonne des gitanes. À croquer.

Dans notre village, filles et garçons dansent ensemble. On y va tous, Sandra, Aldo, Gina et moi, heureux de porter ce costume qui me change de la tête aux pieds. D'abord, on met sur son crâne la *barretina*, un bonnet rouge bien éclatant, ensuite le pantalon côtelé noir ceinturé en rouge d'une *faixa*, sans oublier chemise blanche et veste noire. Et en bas, les *vigatanas*, les fameuses espadrilles rouges qui se lacent, vous enlacent de leurs lacets jusqu'en haut des mollets.

Répétition dans la salle des fêtes, qui résonne bien fort au-dessus du garage des pompiers. À la direction, M. Gomez et sa femme Jeannette. Moi, j'ai la bougeotte. Tout mon corps veut s'élancer, bondir, vibrer, être de la danse ! Ça y est : on m'a choisi une partenaire pour le final. Ce final où on danse les yeux dans les yeux sans cesser de bouger en cadence. Et jusqu'à la toute fin… avec la scène du baiser. Mon cœur déraille. Je crève de cette attente.

Tu entends ça, maman ? À la fin, j'embrasse Carol Bobé ! Alec n'en croira pas ses oreilles, il va halluciner !

Jeannette, Mme Gomez, se tient là, petite taille mais direction de fer, avec une gentillesse à faire fondre. Ça fait trembler le cœur de voir tous les amis du village, grands comme petits, vêtus de ce costume qui raconte tellement de choses pour les Catalans. Une sono de fortune envoie avec énergie les premières musiques. Déjà les grands exécutent avec une grâce magnifique une sardane.

Pam Pam Pam
Pam Pam Pam

Pieds pointés vers le sol. Début du deuxième mouvement. Les bras des danseurs se dressent, leur fierté soulève le ciel. Leur ronde est un soleil en plein midi. L'été s'agite dans tous les gestes ; l'élégance d'un peuple transpire. Musique traditionnelle qui devient hymne, musique liberté, musique cri d'amour. Et ce n'est qu'une répétition ! Tous les parents sont là, une ronde autour de la ronde, un second cercle de fierté.

Papa n'est pas là. Toi non plus.

C'est bientôt notre tour, à nous les petits. On n'en peut plus d'attendre. M. Gomez nous apaise de sa voix qui descend si profond dans les basses. Moi je suis là, debout, avec mes deux yeux qui n'osent plonger dans ceux de Carol Bobé. J'ai les lèvres cousues de timidité depuis que je l'ai vue tout à l'heure dans sa robe parfaite. Sa mère était à ses côtés pour les derniers ajustements. Carol est coiffée d'un filet de dentelle blanche, d'une légèreté qui flotte, une couronne fine comme un nuage destinée à son fiancé. Je me tiens comme je peux les yeux baissés. Je n'en mène pas large. Un rêve. Je ne sais pas ralentir le temps…

À nous ! Les garçons viennent en file indienne se placer les uns après les autres devant leur cavalière respective. Les mains sur les hanches, nous enchaînons avec soin nos mouvements. Il s'agit d'une danse de cour, la danse de la *creu*, cour faite à sa bien-aimée. Pas un mot. Les lèvres sont fermées ; les yeux ont leurs petits éclats. Pas de parole, la musique dit tout. Les garçons tournent autour de leur partenaire. Carol Bobé accroche mon regard. Carol Bobé me sourit. Je rêve.

La musique est comme un nœud coulant qui nous attrape et nous enserre, nous rapproche l'un de l'autre, de plus en plus près de toi, mon amour. Nous nous tenons la main. Oui, Carol Bobé et moi, nous nous tenons la main. Je fais tourner ta petite main blanche du bout de mes doigts. Ta main douceur. Tes doigts douceur. En cet instant, ils sont miens. Je les tiens, m'y tiens ; ta main verse dans la mienne comme une poignée d'or fin. Je l'espérais depuis longtemps : tenir la main de Carol Bobé. La saisir délicatement et emmener ma bien-aimée au-dessus du village, vers la forêt. L'emmener, la garder, ne l'avoir que pour moi. Marcher avec toi, Carol. Poser nos pieds nus sur les feuilles de l'automne, avancer jusqu'à la grotte des amoureux. Rester muet durant tout ce trajet. Entendre le village murmurer tout près. Caresser tes cheveux. Et pleurer. Pleurer en remerciant la vie qui insuffle en nous tant de bonheur. Rien de plus. Rien de moins. Pleurer oui, doucement, lentement, parmi les vestiges de l'automne. Pleurer longtemps devant la vie longue qui nous attend, la vie belle, la vie nouvelle. Bien sûr, nous ne sommes que des enfants. Notre petit ventre est trop étroit pour contenir tout ce déluge.

Seuls les enfants savent aimer.

Seuls les enfants aperçoivent l'amour au loin, qui arrive de toute sa lenteur, de toute sa douceur, pour venir nous consumer.

Seuls les enfants embrassent le désespoir vertigineux de la solitude quand l'amour s'en va.

Seuls les enfants meurent d'amour.

Seuls les enfants jouent leur cœur à chaque instant, à chaque souffle.

À chaque seconde le cœur d'un enfant explose.

La musique commence son atterrissage, dans un son aigu de *tible*, qui résonne de toute sa générosité. Les dernières notes s'éparpillent dans la salle comme des confettis. Le rythme perd de sa vivacité, ralentit définitivement, comme un cavalier pose pied à terre. C'est le signal.

Autour… Plus rien autour. Des danseurs de mon âge, des parents, je ne les vois pas, je ne perçois plus rien d'eux, petits et grands, plus rien. Je suis en apnée depuis une éternité ; je ne perçois que ce qui se déploie devant moi et qui est merveilleux.

Je ressens au plus profond de mon être la caresse d'une plume peignée par les doigts de l'amour.

J'ai un genou à terre. Au propre comme au figuré. Je vérifie tout là-haut… les yeux de Carol sont toujours là. Prêts à ne plus jamais me quitter. Je l'entraîne maintenant jusqu'à une place déblayée de tout chagrin. Une place choisie par l'amour pour accueillir ses amoureux. Sans me perdre des yeux – elle ne les quittera plus jamais, ça ne servirait à rien, sinon à mourir seul –, Carol pose un genou à terre à son tour. Il n'y a plus que nous deux, je le jure, sur ce bateau nu qu'on appelle la vie.

Fuyons, mon amour, où tu le désires. Tu pourras même me crever les yeux si ça te dit. Le plus beau, je l'ai vu.

Déjà nos visages se rapprochent, s'aimantent l'un vers l'autre. La musique souffle à peine. Je suis né pour toi, je suis à toi. Maman est partie pour que tu puisses m'accueillir, m'envahir de tout ton être. Viens maintenant, viens.

Nos joues se frôlent. Sous ma fenêtre j'aperçois la première neige magnifique.

La neige est tombée cette nuit
La neige c'est l'or des tout-petits
Et l'école sera fermée
Seuls les enfants savent aimer
Je passerai te prendre
Et nous irons emmitouflés
Marcher sur la neige les premiers
Seuls les enfants savent aimer
Nous marcherons main dans la main
Nous marcherons vers la forêt
Et mon gant sur ton gant de laine
Nous soufflerons de la fumée
Nous ne parlerons pas
La neige craquera sous nos pas
Tes joues roses et tes lèvres gelées
Seuls les enfants savent aimer
Mon ventre brûlera
De te serrer trop fort
De là-haut le village
Est une vieille dame qui dort

J'aimerais tant que la vie nous perde pour toujours. Égarés en un lieu que personne ne connaît. Un lieu où mourir heureux, le ventre déchiré d'amour.

Je glisse vers ton autre joue, alors que la musique s'évanouit. Je veux crier ; crier pour briser toute menace. Ne pars pas, de grâce. C'est tellement délicieux, cette heure infinie. J'en redemande, oui j'en redemande de cette beauté de vivre. Ah mon cœur, je sens qu'on l'arrache.

Ce soir, le coin de mes lèvres a touché le coin des lèvres de Carol Bobé. Pour de vrai. Oh juste le coin de ses lèvres. Je n'ai pas pu y demeurer ; je n'avais plus assez d'air. Je reviendrai. Craché, juré. Je redescends de la haute montagne, d'un Everest d'enfance. J'ai les yeux brûlés. Ai-je le droit d'être si heureux ?

Plus rien ne sera jamais pareil. C'est comme ça. Nous avons vécu l'instant vertigineux. Tu le sais aussi bien que moi.

La vie, ce sera désormais s'arranger avec tous les autres. Nous les laisserons juste bâtir leur vie autour de la nôtre.

Le lendemain, tu ne me regardes pas quand j'arrive en vainqueur dans la classe. Alec, je ne lui ai rien caché ; je lui ai dit ce vertige, tout raconté. Il ne m'en veut pas. Du moins je le crois, je l'espère. Comment serait-il jaloux ? C'est mon meilleur ami. Maintenant, j'attends. Je n'ai plus qu'à attendre de tout là-haut, de ma victoire, de mon Olympe. Attendre que les danses reviennent comme une saison, attendre que ça tourne encore. Avec, la prochaine fois, de vrais danseurs, des spectateurs enthousiastes. Et le monde autour, le monde entier pour voir fleurir au grand jour comme un printemps notre amour.

À la récréation, toujours pas un regard. Tu continues de m'ignorer. Étrange. Je ne parviens pas à ne pas être triste. Je quémande juste un petit quelque chose de toi, un sourire au moins. Non, rien. La glace prend sur mon corps ; je me sens emmuré d'un froid. Rien. Sans dire un mot, j'enlace Alec. Il comprend tout, me console derrière le platane, tout près des toilettes, au fond de la cour.

Je le serre fort. Il ne se dégage pas. Ses bras sont libres ; ils ne me retiennent pas. Il est là, avec son corps, son petit corps, collé au mien. Pas besoin de parler. Il sent ma vie griffée de l'intérieur. J'ai envie de pleurer dans ses bras larges comme le vent, de pleurer dans ses bras de meilleur ami.

C'est un jour de tristesse confuse, un jour de cruauté rampante. La journée d'école s'achève, et je ne parviens pas à quitter mon ami. Toute force m'a abandonné, je ne suis plus le héros de rien. Je traîne ma défaite jusqu'à la maison d'Alec, ma nouvelle maison.

La mère d'Alec est là. Elle rayonne au sein de ma nuit inconsolée. Je peux lire dans ses yeux son bonheur, son petit Sandro libéré de toute solitude, grâce à un ami qui est bien plus que ça.

Je dors chez eux ce soir. Marie-Josée m'a préparé un lit près de mon ami. On éteint la lumière. La nuit se déploie. Je me glisse sous ses draps. Mon ami jubile. Il n'attendait que ça. On rit. Dans mon corps transi, le rire s'étend en flaque et m'apaise. Je lui parle de Carol, lui de son père, combien il voudrait l'aimer, combien c'est dur d'aimer un père si sévère, aux sentiments à l'opposé de ceux de sa maman, un père qui punit ses enfants comme il châtie le moindre élève. Il en souffre terriblement. Sa souffrance entre en moi ; je souffre avec lui. Son chien Igor vient nous rejoindre et s'allonge au pied du lit. Il pose ses pattes sur son museau, dessine une zone d'ombre dans la nuit, avec ses longs poils qui l'auréolent, ses longs, longs poils, si soyeux. Igor. L'ami animal. L'autre meilleur ami de mon meilleur ami. Avant que le sommeil ne s'empare de nous, Alec me fait un serment. Lui et moi, la mort on ne la connaîtra pas. Il me le jure. La mort passera son chemin. On ne mourra jamais. Jamais. Craché. Juré.

Ton enterrement s'éloigne un peu plus chaque jour. Ce que je sens, ce que je ressens, ce sont ces jours qui glissent les uns sur les autres. Chacun efface le précédent. Pourtant je distingue tout avec précision. Je suis toujours derrière ces volets, me demandant si je passerai toute ma vie caché – à regarder la procession.

Les jours s'allongent, portent un peu plus le soleil en eux. La nuit éloigne ses filets. Je peux jouer un peu plus tard dans la rue. Elle sent le printemps qui tend ses bras ; elle est parfumée de la naissance des choses qui s'ouvrent à la lumière.

C'est la rue des Écoles, mon terrain de jeu. Foot et rugby. D'un côté, tout au bout, l'escalier en pierre, escaladé mille fois par jour pour retrouver Alec. Un grand pylône électrique s'y dresse : il compose avec l'escalier de parfaits poteaux de rugby.

Des heures et des heures à taper dans une quille en plastique bleu, ce ballon de rien s'élève dans le ciel et passe entre les perches. À chaque transformation, je lève les bras très haut ; je ne suis plus moi-même, ou je le suis davantage. Je suis Jean-Pierre Romeu et je viens d'offrir à l'ultime seconde la victoire à l'équipe de France sous les acclamations de la foule survoltée.

Jean-Pierre Ribes et sa sœur Patricia habitent en face de chez nous, passé le square. Il m'entraîne dans ses bêtises, Jean-Pierre. Pas question de le suivre comme Alec, lui m'emmènerait jusqu'au bout du monde. Partie de foot. Le garage adossé à la gauche de l'école fait une parfaite cage. Jean-Pierre shoote. Un missile. Comme d'habitude, il détruit la lucarne vitrée en haut à droite de notre but de fortune. Comme habitude, on s'enfuit en poussant des cris d'Indiens.

Nous trouvons refuge sous l'escalier derrière le square, essoufflés, haletants, en sueur. Personne ne nous a vus. Ma respiration est bousculée. Jean-Pierre sort de sa poche des allumettes volées chez lui. Sans la moindre grimace, il ramasse un mégot par terre, le porte à sa bouche et l'allume. Il tire une bouffée de sa clope et me propose de tirer aussi sur ce truc. Je ne veux pas goûter.

Nouvelle idée de Jean-Pierre Ribes, nouvelle connerie. C'en est fatigant. Cette fois-ci, il veut pisser dans une boîte à lettres. Il bégaie beaucoup Jean-Pierre. Parfois, j'aimerais l'ai-der à fi-nir ses ph-ra-ses.

La nuit se réveille avec ses grands voiles d'obscurité. Elle rend silencieuses les choses en les touchant du bout de ses doigts. Je rentre dans ma maison triste. Je devrais du moins. Je ne veux pas, maman. J'aimerais respirer ta robe à carreaux. Ils l'ont aussi brûlée ta robe de printemps. Ce que j'ai de toi ? Une photo. Tu souris devant les marches de l'école. Tes cheveux ne sont pas les tiens sur cette image. Tu portes une drôle de perruque rousse ; on voit bien qu'elle est fausse. Tu as passé tes sourcils au crayon. Il me reste ça. Je rentre, me jette sur le lit, j'enfouis mon visage sous les couvertures. Je suis tout petit et je pleure, longtemps, tellement longtemps. Je suis plein de larmes, je suis trop plein de toutes ces larmes, je voudrais me vider. Il y en a toujours de nouvelles.

Quand tu es revenue à la maison, juste avant la fin, tu n'étais déjà plus la même. À l'hôpital, les docteurs avaient tenté de guérir ton mal, pour ça ils t'avaient brûlée de l'intérieur. Tu étais partie si longtemps. Je comprenais à peine ce qui se passait. En moi il n'y avait que ce mot : pourquoi ? Un mot qui se cognait contre les murs du silence. Ce mot qui cherchait une issue, un bout de réponse, n'importe quoi, et qui sans cesse hurlait : pourquoi, pourquoi ?

Tu es revenue. Pour partir à jamais.

Je désire me noyer toujours plus dans cette tristesse ; qu'elle devienne arbre, prenne racine en moi, me pétrifie de douleur. Avec des larmes sur mes branches, sur mon tronc, sur l'herbe tout autour. Pourquoi ne puis-je pas pleurer davantage ? Oh pardonne-moi d'avoir certains jours le corps trop sec, de ne pas sentir la douleur me frapper des pieds à la tête, de ne pas savoir pleurer mieux. Est-ce parce que tu n'es pas tout à fait partie ? Pas encore ? Tu n'es juste pas là quand je voudrais que tu sois là. Tu te tiens dans l'ombre du jour, et je ne peux être avec toi. La mort n'existe pas. C'est ça, maman ? La mort n'existe pas. Maman ?

Papa a posé sa main sur mon front. Je garde les yeux fermés. J'aime qu'il me touche ainsi. Sous ses gros doigts, je me sens à l'abri. Il m'aide à me déshabiller. Il enlève mes chaussures, défait doucement mon pantalon, le retire. Sa chaleur, je la sens si près de moi qu'elle borde déjà mon sommeil. Il me met au lit, m'embrasse à travers mes cheveux. Et maintenant il pleure. Il pleure dans sa barbe. Je le sais aussi bien que je l'entends. Je l'entends qui meurt au-dessus de moi. Ne pleure pas, papa, mon petit papa. Il ne faut pas. J'aimerais tellement t'aider, te protéger comme tu essaies de me protéger. Je n'ai que six ans.

Mon monde, c'est trois maisons, chacune à une poignée de pas les unes des autres. Chez moi. Chez mémé Stella. Chez Alec.

Ma première maison, j'y suis rarement. Ça sent encore beaucoup trop le noir. Aldo a perdu son rire ; quelque chose qui a la chaleur de la vie est parti faire un tour. Le soir, on s'installe à la table du salon et on mange, notre cœur en moins. Un grand silence parfois, que nous ne connaissions pas, s'est installé comme un intrus. Sandra ne lâche rien et parvient à remonter le moral à tout le monde ; elle nous porte de ses jeunes bras. Elle veille, se couche tard – comment faire autrement ? Elle s'occupe avec un dévouement muet de tous, nous met au lit, mon père y compris, puis part faire ses devoirs dans le silence de la nuit.

La vie n'attend personne au bord de la route. Elle n'admet aucune excuse. Elle est comme ça, la vie qui passe.

Arlette Buzan, aussi, est toujours là. Fidèle, elle ne quitte pas le radeau. Elle est d'un grand secours, et d'une régularité de métronome. J'aimerais qu'elle reste parfois le soir, qu'elle tarde à rejoindre les siens. Arlette, tu es une sauveuse d'âmes. Ne pars pas ; sois des nôtres. Tu es des nôtres. Je continue de passer ma tête dans ses jupes. Allez, reste, Arlette, s'il te plaît ! Ce soir, tu seras ma maman.

Papa rentre tard, très tard. Il travaille tellement dur, soupire Sandra. Toute la journée, il dessine des maisons, c'est son métier. Il le fait avec acharnement, là-bas, de l'autre côté de la grande rue. Seulement entre notre maison et son bureau où il invente la maison des autres, il y a un café. Et depuis un bout de temps, quand il prend la route du retour, il s'y arrête. Est-ce que ça fait partie de la petite mort qui s'agite en lui ? Est-ce une façon de s'épuiser, cette étape au bistrot ? Il rentre. Une forte odeur d'alcool s'éparpille dans l'air. Il s'écroule sur sa chaise, taiseux. Sandra lui sert le repas. Je le vois, maman, il fixe ton dernier lit, la banquette rouge contre le mur où je t'ai dit au revoir pour la dernière fois. La banquette rouge où tu te tenais, si fatiguée ; où tu m'as dit : « Je t'aime, mon petit Bruno. »

Tes yeux étaient devenus vides. Ceux de papa le sont encore plus.

On l'a espionné l'autre soir, Aldo et moi. Il n'était pas rentré ; on savait où le trouver. Il se tenait accroché au bar, comme un désespéré. On le regardait en cachette. Ça a duré une éternité. On se tenait là, dans ce début de nuit, nos têtes de gosses collées aux barreaux derrière la vitre du fond du café. Franck Guitard est venu nous rejoindre. On restait muets ; on avait ça à partager : son père buvait à côté du nôtre. Il est encore plus triste le chagrin quand il coule comme ça. D'un coup ça a gueulé. Fort. Vraiment fort. Ça nous a glacés. C'est mon papa qui hurlait. Il a pris par le col le père de Franck. Il est fort, tu le sais ; il tuerait n'importe qui d'un coup de poing, papa. Il tenait l'autre des deux mains ; il le secouait comme une marionnette de chiffon. Il n'allait pas le tuer : non, mon père n'est pas un tueur ; il est tendre, il aime les gens.

Mais l'alcool n'a pas peur des hommes forts. Il plonge comme une lame jusqu'au fond du cœur.

Ces deux hommes, devenus les fantômes d'eux-mêmes, se sont empoignés. Pour de vrai. Et en se secouant, ils sont tombés à terre. C'était lent et tragique. Une danse qui ne sait pas finir.

Le barman n'a pas pipé. Il n'a rien fait pour relever nos papas tristes qui se démenaient à terre, épuisés, gisants. Un jour ce type je le tuerai, ce lâche, ce salopard. Aldo m'a tiré par le bras ; il voulait qu'on rentre. Je n'ai pas bougé. Je ne voulais pas te laisser, petit papa malheureux. Derrière les barreaux, Franck Guitard n'avait pas bougé, il s'était même rapproché. On se tenait là, tendus, le nez collé à la vitre, face au drame. Unis par la peine de nos pères qui se donnaient en spectacle, deux chiens abandonnés par la vie.

Au bout d'un temps, les deux fantômes se sont relevés avec peine. L'un a tendu la main ; l'autre a refusé. La main tendue, c'était le père de Franck ; celui qui refusait c'était mon papa, d'habitude si gentil.

Un homme devenu une ombre. Une ombre au visage de fantôme. Une ombre en partance, frappée par la mort, frappée par la vie. Oh je le jure, je le crache, maman, ce n'était pas lui. Depuis que tu es partie, il s'en est allé aussi.

« Je ne vais pas mourir tout de suite mais je vais mourir jusqu'au bout. » Depuis que papa a prononcé cette phrase devant votre lit, je la vois ricocher contre les murs, tous les murs.

Pourquoi il ne fait rien, ce salaud de barman ? Il n'a qu'à fermer son bar ! La nuit est tombée depuis longtemps, non ? Personne d'autre ne va venir s'abreuver de mauvais vin ou de mauvaise bière. Zéro sentiment. Cette ordure entasse les verres, impassible, pendant que deux pères s'accrochent l'un à l'autre, broyant leur propre vie en croyant atteindre celle de l'autre.

Franck Guitard n'est pas mon meilleur ami. Juste un môme parmi d'autres, un copain du village. Ce soir, avec cette nuit qui s'est étendue partout et qui vient creuser dans notre tristesse, tout se transforme, et là, devant nous, la guerre est commune. On s'étreint bien fort et on y va, lui et moi. On entre dans le bar, décidés à extirper nos papas de cette rage vaine et à les ramener chacun chez soi. Là-bas, chez Franck, une maman tout aussi affligée attend sûrement, inquiète. Peut-être va-t-elle pleurer face à sa misère ; ou alors ils se battront. Ou bien elle sera déjà couchée. Chez moi, il n'y a plus personne. Aucune maman pour secourir quand le bateau coule.

Nos papas ivres relèvent leur tête hagarde et nous regardent, stupéfaits. Pas un mot. Un masque de honte s'est collé sur leur visage usé de fatigue. Ils regardent ces deux têtes d'enfant qui dépassent à peine la rangée des tables devant le comptoir. Le barman n'en décoince toujours pas une. Je prends mon papa par la main, je l'entraîne ; Franck idem. Ça pue le tabac et l'alcool ; l'alcool qui ruine tout bien-être, attaque vos sens comme un acide. Le sol est dégueulasse ; il s'agrippe à nos semelles, comme s'il voulait nous retenir dans sa noirceur, nous absorber. Chacun repart avec son papa. Chacun vers sa vie. Deux enfants comme des béquilles auprès de leurs pères, qui avancent en titubant. Le décor : les ténèbres.

Je suis toujours fourré chez pépé et mémé. J'y passe mon temps. Enfin presque autant de temps que chez Alec. Mémé est bienveillante ; elle cuisine sans cesse ses gâteaux de semoule. Le sucre dessus, c'est du bonheur. Pépé troque la cuisine délicieuse de mémé contre un jeu de cartes. Je le mène par le bout du nez, le pauvre. Il est chic, il me laisse gagner ; s'il ne joue pas le jeu du perdant, je balance les cartes à travers la pièce et m'en vais la tête haute en claquant la porte. Il n'aime pas ça, pépé, mes petites colères d'enfant, mais il me passe tout. Je suis le tout-petit à protéger. Le fils de sa fille morte.

Quand ça gronde chez eux, je suis généralement le premier responsable… Pépé ne supporte pas qu'on me punisse, même si je le mérite. Pourtant Alec et moi, on les met à l'épreuve ; un soir on joue aux cambrioleurs, on rentre à pas de loup dans leur maison, comme d'horribles truands. En sautant sur mémé, le visage masqué, déformé par un bas enfilé sur nos têtes, juste pour faire peur, et rigoler. Réussite totale. Mémé tombe sur le fauteuil en hurlant de tout son vieux corps, puis gémissant, épuisée par cette peur soudaine. On a vite fait d'enlever nos masques et de déployer sur nos visages de faux voleurs un sourire coupable. Elle pourrait en mourir de nos mauvais coups. Elle a les cheveux hérissés ; elle halète ; ses yeux supplient de mettre fin à ce jeu. Je me fais gronder, mais pépé est toujours là à me défendre malgré l'évidente bêtise. Voilà même qu'il se met dans une colère noire et se lance dans une vaste plaidoirie pour m'innocenter ! Sa voix se cogne contre le plafond ; il gueule sur tout le monde, aboie dans tous les sens, et jure, jure, souvent en catalan. Il ne voit en moi qu'un enfant qui s'amuse, rien de plus. Je ne suis pas un danger… et puis, sans oser l'avouer, ça l'amuse de voir sa femme dans cet état de terreur.

La colère, ça le connaît, pépé. Surtout le jour où mémé a oublié de jouer le tiercé. Chaque jour, il prépare ses fiches. Mémé n'a plus qu'à les déposer le matin chez Manon, l'épicière du village, qui valide les paris. Un vrai rituel. Toujours les mêmes chevaux. 6-4-2. Toujours 6-4-2.

Et voilà qu'un jour mémé ne va pas chez Manon. 6-4-2. Les chevaux arrivent dans cet ordre. Pépé a l'oreille collée à la radio ; il entend les résultats ; il se redresse d'un coup ; il attaque un chant de joie dans la maison ; son cri de victoire s'élance jusqu'à l'autre bout de la rue. Mémé s'éclipse à pas d'agneau… Pépé finit par comprendre. Il rugit. Il veut « la tuer », il la poursuit à travers tout le village. Ils mettront des jours et des jours à se raccommoder.

Il est comme ça, pépé. Il me protège. J'arrive en pleurs. Des poux me dévorent la tête. Ça gratte jusqu'au sang ! Il me laisse approcher, m'invite à poser ma tête en larmes sur ses genoux, loin du regard des autres. Sa voix est douce ; elle a les vertus d'un baume ; elle apaise. Il fouille de ses doigts ce crâne où s'est déclarée une véritable guerre. Il tue un à un les soldats poux suceurs de crâne, les extirpe du champ de bataille. Il fait d'une grande feuille blanche leur cimetière où ils reposent en plein air, petits monstres informes et malfaisants. Je continue de gémir. Lentement, le mal est enlevé par les doigts experts de pépé, qui dépose ces saloperies sur la feuille. Le cauchemar prend fin dans les larmes.

Pépé, mon guerrier magnifique. Il dit aux autres : « C'est moi qui m'suis chopé des poux ! » Il me remet debout, essuie mes pleurs d'enfant pouilleux, m'emmène discrètement me laver les cheveux avec du vinaigre dans la salle de bains. Personne n'est dupe. Cette drôle d'odeur, qui vous soulèverait le cœur, vient bien de moi, de ma petite tête, pépé s'est sacrifié. Il a endossé le costume du coupable. Et m'a évité la honte en usant de sa stratégie. La nuit, je m'endors, tête apaisée et cœur chaud, en songeant à mon merveilleux pépé. Je plonge dans le sommeil avec une tête puant le vinaigre.

C'est une sorte de bon sorcier, pépé. Il est le huitième enfant de sa famille, un chiffre magique qui explique tout. Allez chez lui si vous êtes malade. Vous n'avez qu'à vous allonger et vous laisser faire. Il approche ses mains au-dessus de votre tête, murmure quelques mots inaudibles, puis ses doigts glissent jusqu'en bas de vos pieds. Il balaie le mal. Exactement. Il balaie le mal et vous en débarrasse en l'emportant loin de votre corps meurtri. Vous êtes guéri. Ça marche à tous les coups… ou presque.

Tu te souviens, maman ? J'étais tombé malade. J'étais pris de vomissements. Ça n'arrêtait pas. Tout mon corps en était secoué. Et ça durait, j'étais épuisé. Des jours et des jours à vomir. Le docteur voulait m'envoyer à l'hôpital – plus le choix. Je voyais entre deux secousses vos visages inquiets, désespérés même. Cette saloperie allait-elle avoir raison de moi, m'emporter pour de bon ? Pépé est venu et a procédé à son rituel de guérison. Je le vois encore à mes pieds secouer ses mains pour balayer le mal. Rien. *Nada*. Ça ne marchait pas. Les vomissements continuaient, je me vidais de moi-même, mon corps perdait tout ce qu'il lui restait de vie.

Le lendemain, j'allais partir à l'hôpital pour être réhydraté et gavé avec mille et un tubes. Par chance, un cousin est venu nous rendre visite. Je me rappelle qu'il finissait ses études de médecine à Montpellier. Il t'a parlé d'un nouveau médicament, le Primperan. Tu n'as pas hésité. Tu as voulu que j'en prenne de suite. Tu aurais voulu tout essayer tout de suite. Il était jeune mais tu lui as fait confiance sans hésiter. Et ça a marché. Oui, maman, ça a marché. Les vomissements ont pris fin. La douleur au ventre s'est envolée. Peu après cet épisode, vous vous êtes aperçus que je suivais notre chien Tecky un peu partout… et mangeais ses crottes ! J'en gardais même parfois dans les poches…

Dans la cour de récréation, mon cœur frappe, frappe, jusqu'à me faire mal. Cette joie est d'une puissance inouïe. Nous courons en tous sens, tous les enfants de l'école. Et toi, maman, tu nous regardes, avec ce beau sourire qui flotte sur ton visage. C'est sûrement le plus beau moment de ma vie. Sur le rebord de la fenêtre de la classe, le tourne-disque de la maison. *Le Printemps* de Vivaldi s'échappe dans la cour. *Le Printemps*. Tu passes toujours cette musique. C'est un bout de joie. Ai-je le droit d'être si heureux ?

Je voudrais que tu m'embrasses, maman. Toute la vie.

Il y a un vertige dans ce temps qui m'éloigne de toi. Je m'accroche à des branches pour qu'il ne m'emporte pas dans sa chute. Si un jour il n'y a plus d'arbres, plus rien à quoi se retenir, comment ferai-je ?

La mort n'existe pas. Le désespoir, lui, je peux le toucher. C'est une matière visqueuse, une mauvaise sentinelle postée sur le chemin. Elle me surveille. Depuis ton départ, chaque jour crée une distance nouvelle. Tout est de plus en plus loin de toi. Ralentir, oui ralentir… Ne pas m'enfuir. À quoi bon prendre le large, maman ? Ma vie, je veux te l'offrir entièrement.

Pourtant un autre mouvement m'emporte. Il me pousse vers l'avant. Je voudrais avaler le plus vite possible les jours qui me séparent de ma prochaine danse avec Carol. Déjà, je me vois le cœur hurlant, incapable de respirer en sentant ma joue caresser la sienne.

Ce sont des crises soudaines qui déchirent l'espace, qui percutent ma vie, une suffocation semblable à celle que j'ai connue en avalant ce bonbon de travers. Je dois fermer les yeux, me concentrer, autant que peut le faire un enfant de mon âge. Garder l'image parfaite de l'instant parfait où le coin de mes lèvres a effleuré le coin des siennes. Respirer cette image. Calmement. Profondément. Alors une douceur m'envahit, tout devient plus clair, attendre ne sera plus un naufrage. Cela peut-il durer ? À quand le prochain assaut, la prochaine crise, qui trouble la vue et jette l'âme contre les murs ?

Depuis que tu ne respires plus, j'aurais dû compter chacune de mes respirations, maman. J'ouvre les fenêtres de ma chambre. Le chagrin n'est pas un papillon prisonnier. Il ne s'envole pas. Restera-t-il toujours en moi ce poids dégueulasse qu'on ne peut enlever de ses doigts mais qui pèse avec tant d'insistance dans le ventre ? Ce n'est pas un papillon, plutôt une force cruelle qui a peint les murs de ma chambre en noir.

En secret, j'espère le passage d'un nouveau cortège devant la maison. N'importe quel mort qui me fasse oublier le jour où tu es passée. Qu'ils défilent en portant quelqu'un de bel et bien dé-cé-dé, qu'ils emportent avec eux jusqu'au cimetière un peu de ce chagrin coincé en moi. Le trou une fois bouché, repartez avec vos morceaux de chagrin chez vous… Allez, chacun son tour ! T'en dis quoi, maman ?

Pépé m'a raconté que son papa, garde champêtre du village, allait dans chaque maison annoncer aux familles la mort de leur enfant tombé au front. C'était la Première Guerre mondiale. Son papa était le porteur des terribles nouvelles. Il recevait un télégramme ; invariablement, il vissait son képi sur sa tête ; il essayait de prendre courage en regardant autour de lui et il partait, résigné, accomplir l'affreux devoir. On le repérait de loin. Dès qu'il empruntait une rue, le regard cousu, les volets se fermaient. Personne n'aime accueillir un homme annonceur de malheurs. Personne ne veut entendre un oiseau de mauvais augure taper à sa porte. Chaque habitant espérait que c'était pour le voisin d'à côté. Mon arrière-grand-père avait pour mission de porter le chagrin à domicile.

Aujourd'hui mon cœur est enveloppé dans un mouchoir noir. Le même qui a étouffé le cœur de papa, le cœur de mon frère, le cœur de mes sœurs le jour de ton départ. L'oiseau tué avec la carabine à plomb de pépé me revient en mémoire. Je pense aussi au petit Jean-Pierre Bini, que j'ai repoussé en dehors de ma piscine. Je suis mauvais. Pas la moindre goutte de bonté. Faut-il que je me tue ? J'ai envie de vivre. J'ai envie de me pendre. Mais Alec. Et Carol…

Ma petite maison. Je te regarde. Je ne veux plus jamais vivre chez toi. Ne plus passer ta porte. Tu es la grotte du désespoir. La nuit peut ouvrir sa gueule, le froid déchiqueter mes doigts, cela ne me fait pas autant mal. Le mal je connais, je te promets, maman, que je peux encore avoir plus mal. Regarde ce morceau de verre. Un tesson de bouteille jeté derrière le bar du sale type qui empoisonne papa à petit feu. Un morceau de verre parfait. Je le ramasse, je le plonge dans ma peau laiteuse de sale gosse de six ans. Ça s'ouvre. Comme le gâteau de semoule de mémé quand elle y plante son gros couteau. Les parts ne sont jamais égales. J'ai toujours la plus grande. Le dessus de ma main, je le déchire. Et ça fait mal, très mal. Terminer.

Je dois terminer tout ça. Je peux avoir plus mal. J'ai fini la lettre C. Je m'attaque au B. Il fait froid. Ma main saigne. Les initiales de mon amour brillent de leur couleur rouge sang sur le dessus de ma main que regarde négligemment la lune. Ma main saigne de l'or. Curieux. C et B sont également mes initiales. Un vrai signe du destin. Je vais montrer ça à Alec.

Grand succès morbide à l'école. On m'interroge. Que s'est-il passé ? Pourquoi cet énorme pansement sur une petite main d'enfant ? Alec se marre. Il sait. Il est même un peu jaloux, j'imagine. Hier soir, il a voulu m'imiter. Sa main s'est rapprochée de la mienne ; il a saisi un couteau, mais au dernier moment que dalle. Il devait être sacrément vexé puisqu'il a fondu en larmes. Je lui ai dit : « Tu sais, Alec, pour moi c'est plus facile, je n'ai plus de mère. »

Je sais l'insolence du temps qui avale tout : je dois me dépêcher. Cette main blessée, tant qu'elle porte une pareille marque, je dois absolument la montrer à Carol. Peut-être que le sens de mon geste va lui échapper. Le B, je l'ai tellement raté ! Il ne ressemble à rien. Même pas à un cœur. Alec propose d'être de la partie, de se tenir à mes côtés lors de ma déclaration d'amour. Un amour éternel. Comment pourra-t-elle en douter en voyant ma main balafrée de ses initiales ? Elle va être impressionnée. Mon amour est réel. Tout ça, c'est pas pour rigoler. C'est pour de vrai.

Non, j'y vais seul.

Carol, elle, n'est jamais seule. Toute une cour autour d'elle se déploie. On veut la voir, la connaître, la toucher. Un vrai soleil entouré d'une ronde de fantômes.

Enfin ! Elle s'avance… et part vers les toilettes, au fond de la cour.

« Allez, vas-y, magne-toi, vas-y ! »

Il est marrant, Alec ! Non, je ne peux pas.

Mon cœur bat comme un dément, s'affole, se tire, il voudrait mordre, il s'est déjà enfui. Mes jambes ne me portent pas. Elles ne peuvent pas.

Je regarde ma main abîmée. Je n'entends plus rien. J'avance vers le fond de la cour, comme un automate avec sa clef remontée dans le dos. Me voici devant la porte des filles. Je tremble. Je regarde mon cœur qui crépite au sol. Carol sort des toilettes, me sourit. Puis son sourire s'éteint. Je suis là devant elle ; elle semble chercher quelqu'un derrière moi. Non, Carol, il n'y a que moi. Nous sommes seuls au monde. Je tremble. Je saisis ses poignets et colle mon ange contre le mur. J'arrache d'un coup mon pansement.

« Regarde, mon amour, regarde !

— Arrête ! T'es fou ou quoi ? Mais qu'est-ce que tu fais ? Arrête, tu me fais mal ! »

Je ne parviens pas à parler. J'ai la bouche scellée. Mon amoureuse remue de tout son corps ; sa tête se tortille, pareille à un ver coupé en deux gisant à terre. J'approche mes lèvres muettes des siennes, tente de les forcer. Je suis sourd à ses cris.

Un coup de marteau soudain sur mon crâne. On me tire en arrière par les cheveux. Je tombe au sol ; on continue de m'emmener loin de là ; je pleure, je suffoque. Mme Cazes me tient d'une poigne ferme, tente de me maintenir au sol. Carol s'est enfuie. Les enfants assistent à notre lutte, leurs visages silencieux, saisis

– de vrais poissons morts. Alec vient aider la maîtresse. Elle me retient à peine. Elle ne peut plus me contenir. Alec m'enlace et enroule ses bras comme une corde autour de moi. Il me bloque, je le supplie, rien n'y fait.

« Arrête, Bruno, arrête. » Je gémis.

« Elle n'a même pas vu ma main.

— Je sais, Bruno, je sais. »

Il est là, mon meilleur ami, à me tenir fermement. J'arrête de résister. Je ne me bats plus. On est là, en plein jour, au fond de la cour, deux petites statues à la surface du champ de bataille de la vie, allongées au beau milieu de nulle part. On se tient presque mutuellement, comme soudés, emboîtés l'un à l'autre par la tristesse. Sa bouche souffle sur ma bouche. Il m'embrasse. Tendrement. Tragiquement. Sa langue s'agite comme un petit poisson qui déguerpit dans ma bouche et va se cacher sous ma langue. La maîtresse hurle à nouveau. Je ne l'entends pas, je vois juste sa bouche démesurément ouverte, ses yeux en folie, son visage convulsé. Elle saisit Alec par la jambe, le tire tandis qu'il s'accroche à moi. Je crie, m'échappe, m'enfuis loin de là. Je ne retournerai plus à l'école. Jamais. Laissez Alec tranquille, de grâce, ne faites pas de mal à mon Alec.

La nuit a revêtu sa plus belle couleur. Un bleu Majorelle. J'ai cessé de verser des larmes. Mon corps a cessé d'être engourdi. Je ne sens plus ma joue collée depuis des heures sur ce marbre glacé où ils n'ont pas encore gravé ton nom. Ils ne t'ont finalement pas mise sous terre, mais derrière ce mur gelé. Il n'y a rien, ni la date du début de ta vie, ni celle de la fin. Je sais juste que tu es là, derrière. Allongée dans cette boîte. Oui, tu es là, tout près. Je colle à nouveau ma joue froide, et mon oreille. Comment te tiens-tu exactement ? Dans quel sens ? Est-ce ici ta tête, ou là tes pieds ? Je t'entends.

Deux grosses mains se posent avec douceur près de ma tête. Des doigts que je connais bien caressent tendrement à leur tour le marbre glacé. Papa me prend dans ses bras. Je m'accroche comme un koala à son cou. Il me ramène à la maison. Il pleure en marchant dans la nuit bleue devenue noire. Ma joue s'est collée à sa barbe. Et c'est doux.

Papa me ramène à l'école. Je suis resté deux jours planqué chez pépé et mémé. Eux aussi ont fait la même chose ; ils se sont cachés. Ils ont honte. Personne n'a voulu, ou osé, me parler de cette histoire. Je me suis contenté de dormir, dormir profondément, et pleurer. Et me voici de retour, avec papa qui me tient la main sans me lâcher une seconde, tout en parlant à Mme Cazes. Il parle tout bas. Depuis le couloir, ses mots ne parviennent pas aux élèves assis silencieusement dans la classe. Ce sont des mots délicats, des mots difficiles, des mots qui protègent, qui n'ont d'autre but que de me préserver. Je ne suis bon qu'à faire le mal, papa n'a pas besoin de ça. Il est fou de tristesse et son fils en rajoute et l'enfonce dans sa détresse de veuf.

La maîtresse ne m'adresse pas un mot aujourd'hui. Les autres me regardent ; je suis plus qu'un étranger, une sorte d'objet humain non identifié. Je suis redevenu cet individu à part, comme quand tu es partie. Le centre de toutes les curiosités. Je n'aime pas. Carol ne jette pas un œil sur moi, elle fixe de tout son être tendu le tableau noir qui lui fait face. Un silence lourd, total. Pas de chuchotements, aucun soupir. Encore plus incroyable (et c'est sûrement la première fois), Jean-Marc Zanetti, près de son radiateur, fait semblant d'écouter la maîtresse.

Pas d'Alec. Pourvu que son père l'épargne, qu'on ne lui fasse pas de mal. Tout ça est de ma faute.

Récréation solitaire. Je respire tout seul dans mon coin. Carol, je n'oserai plus jamais te regarder – plutôt crever.

Ce soir, papa doit parler avec ses parents, comme si ça ne suffisait pas, toutes ces blessures que je crée autour de moi. Maman, on a besoin de toi. Alec, ramène-toi. J'ai besoin de tes bras autour de moi maintenant.

Quelque chose avance, qui dévore petit à petit tout l'espace qui me sépare de toi. Ton absence gagne du terrain, encore. Je ne peux m'y résoudre. Rien que d'y songer, j'ai la bouche emplie de dégoût. Le ciel, ensuite la nuit, puis un ciel qui revient me narguer, et déjà il m'annonce une nuit qui pèse cent vies. Ces jours se succèdent, se ressemblent, et tu n'es pas là. Je ne supporte pas leur défilé idiot. Je suis né ; ça n'a d'intérêt que pour suivre chacun de tes pas. C'est le bon sens, le sens de la vie. À quoi bon si je ne peux pas te parler de mes joies et de mes souffrances ? Pourquoi les affronter sans toi ?

Il y a un passage secret au bout du jour. Les enfants parviennent toujours à le trouver. Il mène à un lieu sacré ; on y confesse tout. Il a la forme parfaite d'un nid, le nid des bras de sa maman chérie. Quelque chose s'est effondré. Le passage n'est plus accessible ; on ne distingue plus rien. J'en ai même perdu la trace. On me l'a volé, il est définitivement bouché.

Fête de la Saint-Jean. Nous dansons ce soir sur la place du village. Nous sommes le 23 juin, un des jours les plus longs de l'année, plein d'un soleil qui dure et refuse de se coucher. L'air est doux, presque sucré. Je me sens calme. Malgré tout j'ai ce sentiment aigre et gluant dans ma bouche que tu es morte depuis toujours. Nous attendons la flamme – *el foc de la Sant Joan*. Les grands vont la chercher sur le toit du Canigou, la plus haute des montagnes. Tradition et fierté catalanes. Depuis le pic, la torche passe de main en main. Le noir venu, elle devient le soleil de nuit de tous les villages du département. Un feu grandiose qui consume de bonheur le cœur des gens du pays. Ce moment d'amour, nous sommes tous là à l'attendre, les yeux presque fiévreux. Nous espérons cette flamme qui allumera bien plus qu'un bûcher. Nous nous tenons là, au cœur de la place du village, impatients, pleins de superbe, dans nos petits habits de Catalans. Au-dessus de nous, comme atteints par notre désir, les drapeaux sang et or flottent en tous sens. Dans quelques instants, le feu naîtra, grandira, nous sauterons par-dessus avec des flammes qui nous lécheront les fesses. Un peuple se tient là, prêt à partager ; personne ne sera oublié au banquet de cette fraternité. Les familles, les vieux, les enfants. Au programme : ivresse du muscat pour les grands, *bunyetes* croquantes plein la bouche pour les petits.

Carol ne sera pas ma cavalière. Nous ne tournerons pas ensemble. Dominique Moral a un an de plus que moi – c'est une galaxie, un an. C'est lui qui embrassera ma danseuse. Oh bien sûr il a les yeux verts, mais pas aussi verts que les nôtres, hein, Alec ? Ses yeux à lui ne valent rien.

Il mène bien son jeu, Dominique. Je m'en fous, des bêtises qu'il prétend faire, son numéro de pitre est sa façon à lui de déployer sa pauvre roue de paon. Et ça marche. Mieux que nos tentatives de dérapage contrôlé sur les graviers de l'école. Il fait rire Carol. Si tu savais comme je m'en fous que tu la fasses rire ! Claudine sera ma cavalière. Une gentille fille, Claudine.

Tout le monde est prêt. Face à face. Jeannette Gomez donne le signal. J'incline la tête au passage de Carol devant moi. J'entends qu'elle s'arrête. Et puis c'est toute sa cour qui stoppe d'un coup. La reine me regarde, elle daigne considérer un triste danseur, pas même un danseur : un manant. Elle prend ma main et caresse du bout de son pouce ma blessure gravée au couteau, qui cicatrise lentement – une balafre en fin de vie. Comme ces lettres avortées sont laides sur ma peau fripée ! Plus de C ni de B. Je n'ose refermer mes doigts sur sa main délicate. Je relève juste la tête et parviens à plonger mes yeux dans les siens. Elle sourit. Je le jure, Carol Bobé me sourit. D'un coup sec, Dominique tire sur le bras de ma reine et la ramène à lui. Il tente de me tuer du regard ! Je ne lâche pas mon sourire d'enfant. Elle est comme ça ma lutte – je serai toujours du côté des perdants. Mon pauvre Dominique ! Malgré tous tes efforts, c'est toi qui as perdu. Si tu savais à quel point mes yeux sont plus beaux que les tiens…

Carol m'a souri. Carol m'a souri. Carol m'a souri.

La musique nous emporte ; mon cœur est à l'étroit tellement il frappe ; je brûle dans mon petit costume de danseur catalan. J'entraîne Claudine dans la danse.

Je n'ai jamais aussi bien tournoyé. Mon cœur ? Je ne le sens plus, il doit battre ailleurs, ou il s'est arrêté quelque part en moi.

Vive la fête !

Cette nuit je ne rentre pas à la maison. Je jette un petit caillou sur la fenêtre tout en haut, celle de la chambre d'Alec. Je vais me blottir contre mon ami.

Mes jouets sont devenus des ruines. Dans ma chambre, je les ai fourrés sous mon lit. Ce n'est plus qu'un tas de ferraille et de plastique usé. Les petites voitures n'ont plus de roue ; le garage offert par pépé est en lambeaux ; plus de glissière rouge sur le toit qui descend vers les pompes à essence, elle s'est arrachée je ne sais plus comment. Je ne jette rien. Je veux tout garder ; tout a une histoire.

Ce garage délabré, je l'ai tellement attendu, espéré. Je l'avais choisi sur catalogue ; pépé me l'a commandé. Pendant des jours et des jours, j'ai guetté l'arrivée du colis. Les jours sont devenus des semaines ; le facteur désespérait autant que moi. Un soir, à la sortie de l'école, pépé se tenait là, les mains tendues. Des mains tannées à force de piocher pendant des heures dans la terre dure de l'hiver ; des mains brûlées par le ciment ; des mains fortes, résistantes, qui auraient pu boxer en Amérique, gagner des combats.

Il était là ; il jubilait, il dansait d'une jambe sur l'autre. Il riait. J'ai compris : le garage, on l'avait reçu ! J'ai hurlé de joie, on a entendu ma voix des lieues à la ronde, j'en suis sûr ! J'ai remonté si vite la côte derrière l'école. Hurlant, galopant, filant droit devant, laissant pépé derrière. J'ai descendu à toute blinde la rue Pasteur, suis entré à bout de souffle dans la vieille maison de mes grands-parents, le « Carrefusc ». J'ai escaladé les marches de l'escalier quatre à quatre. J'ai joué jusqu'à tard dans la nuit avec mon magnifique garage, m'endormant à ses côtés, enivré par l'odeur du plastique neuf.

Et maintenant, ce cimetière de jouets sous mon lit.

J'extirpe une carcasse d'avion en fer. Le cadeau du dernier Noël de l'école. Des larmes me remontent. Comme chaque année, tous les enfants du CP avaient reçu un jouet. Cette année, un camion de toute beauté ; un camion de pompiers rouge et argent, avec l'échelle télescopique qui monte si haut. Dans la salle de cinéma du village, assis au beau milieu des autres, je vivais. Au menu : une pâte d'amande à sucer lentement, suivie d'une mandarine à garder pour la fin. Sur l'écran : *Le Livre de la jungle*. Et puis, sur la chanson de Tino Rossi, il est apparu. Un Papa Noël bien plus grand que je ne l'avais imaginé. Il est sorti comme par magie de derrière le sapin dressé à côté de l'écran. Du bout de ses gants blancs, il m'a tendu un gros paquet. Mon camion. Nous étions tous là, impressionnés, serrant entre nos genoux ce trésor, tandis que les filles câlinaient leurs poupées.

Pierre Vassan est venu droit sur moi. Il avait reçu un tout autre cadeau. Le jouet des grands, un avion, en fer, long, tout blanc. Il m'impressionnait, Pierre Vassan. Il a regardé mon camion et m'a proposé d'échanger. Je n'ai rien dit. Silencieusement, docilement, j'ai tendu mon cadeau et nous avons procédé à l'échange. Tous mes camarades sont rentrés chez eux avec leur magnifique camion rouge sous le bras. Dans ma petite chambre, j'ai pleuré tout seul. Je me souviens comme j'ai pleuré longtemps devant cet avion triste que je ne désirais pas. Je n'ai jamais joué avec. Je le retrouve parmi ces déchets. Échoué parmi les autres. Une immense tristesse s'abat sur moi ; j'ai même pitié en le saisissant par une de ses ailes. J'envoie cette immonde ferraille contre le mur se fracasser.

Alec pleure. Il ne parvient pas à parler. Il est entré chez nous en laissant la porte grande ouverte, sans un mot. Coincé dans sa gorge. J'essaie de le calmer. Il s'assoit sur mon lit, enfouit sa tête dans ses mains. Un mot sort, puis deux, puis trois : Igor est mort. Son autre meilleur ami. Son chien de toujours, fidèle, aimable, bienveillant. Il l'a découvert ainsi en revenant de l'école : il gisait sur le grand tapis blanc devant la porte d'entrée. Avec une mare de sang qui coulait de sa bouche. Alec pleure. Inconsolable.

On se tient enlacés de la fin de l'après-midi jusqu'au soir sur mon petit lit. Alec n'a que des larmes ; elles le secouent et se déversent en rivières hors de lui, et m'entraînent, me privent sous leurs eaux de toute parole. Je ne peux articuler le moindre mot de réconfort ; ils n'existent plus. Mes mains parlent à peine en caressant les cheveux de mon bel ami, en allant faire barrage de mes doigts vers ses yeux, en écrasant ces larmes immenses qui bordent ses paupières. La nuit est là. Nous parvenons à nous extraire du lit ; nous sommes deux vieux fantômes boiteux, écrasés sous leur tragédie.

Alec, je le porte du bout de mon cœur, ma mission pour toujours. Ses mains ont cessé de n'être plus que tremblement. Sandra nous a préparé un dîner. Papa n'est pas rentré ; Aldo n'a pas envie de plaisanter. Des ruisseaux noirs s'étendent hors d'Alec. Chacun en ressent le passage douloureux. La désolation nous entoure.

Alec reste avec nous. Mon père arrive tard mais pas ivre ; il embrasse Alec, le serre dans ses bras de géant. Un gentil géant pour lequel j'aimerais que la maman d'Alec remplace la mienne… Alec aimerait, lui, j'en suis sûr, que mon père remplace le sien ! Il y a un petit matelas au pied de mon lit. En hôtesses attentives, Gina et Sandra l'ont installé pour lui. On éteint la lumière. Aldo ne dit rien quand il voit Alec se lever et venir à tâtons se nicher dans mes bras. Pas de baiser. Ce n'est pas ça ce soir. On se réchauffe le cœur, c'est tout. Tous les deux. Alec, on ne mourra jamais.

Bernard, le papa d'Alec, si dur d'habitude, dévoile un visage qui m'était inconnu. Il est si triste qu'il en devient rassurant. Ses yeux bleus n'ont plus leur violence d'acier ; ils brillent de douleur aujourd'hui. Envolée la rancœur ; détruite la colère. On est là, debout, au fond du parc, encerclant la dépouille d'Igor. Marie-Josée, Bernard, Nine, Rara, Sandro et moi, on fixe le gros sac plastique déposé dans le trou. C'est drôle, il nous regarde, on dirait. Grand silence. J'ai glissé ma main dans celle de Marie-Josée. Alec demande la permission d'enterrer lui-même son chien.

Les oiseaux ignorent nos sentiments ; ils sont nés pour chanter ; je vois deux rouges-gorges sur la branche d'un chêne immense. Ils fêtent l'été qui nous tend les bras. Chanteraient-ils sur un champ de bataille ? Sur la tête du condamné mis en joue ? Ils chantent. Ils se déploient dans la beauté de leur chant.

Le bruit sourd des coups de pelle me porte ailleurs : à ton enterrement. Là où je n'ai pas été, où je ne pourrai jamais être. L'heure que je n'ai pas vécue. On ne brûlera pas les jouets ni l'écuelle d'Igor cette fois. Il avait perforé de ses dents joueuses un petit ballon rouge. Il restera là, sur une étagère, oublié du temps, près de l'oreiller d'Alec.

Son odeur continue de flotter pour toujours dans la grande maison de la famille Jolly.

Vient la fête, le dernier jour d'école dans la cour de récréation. Toutes les maîtresses discutent dans leur coin sans bien surveiller les gosses qui courent dans tous les sens. Les vacances arrivent. Un dernier jour d'école porte en lui toute la vengeance d'une année scolaire. Et puis il fait si chaud, plus question de s'enfermer pour étudier. Jean-Marc Zanetti donne comme d'habitude le meilleur de lui-même dans l'excès. Il a grimpé le long d'une gouttière, presque en haut du toit.

Personne ne se doute du drame qui se joue. Avec Alec, on regarde l'autre fou sans s'affoler. On prend les paris tant qu'à faire. S'il tombe, il est mort : voilà pour le mien. En tout cas, coincé par son escalade, le Jean-Marc ne fait plus le malin. Les filles jouent près des toilettes, un élastique tendu de l'une à l'autre au niveau des mollets. C'est le jeu : on saute le fil à cloche-pied et plus on gagne, plus l'élastique s'élève, on passe ensuite des fesses au dessous des bras. À un tel niveau, ce n'est plus jouable. Claudine est là ; elle me regarde pour voir si je la regarde. J'aime beaucoup Claudine Henric. Elle déborde de gentillesse. Comme son frère Fifi.

Ce ne sont pas mes meilleurs amis. Pour ça, la place est prise. Mais ils font partie des grands amis, et leur maman aimait beaucoup la mienne. Quant à leur papa, il est vraiment original. Écoute ça, parce que c'est dingue : depuis des années il construit en secret un avion dans le garage de leur maison, à côté de la poste. Fifi me l'a confié à l'oreille. Bon si c'est pas un avion, l'engin a un moteur et des ailes en tout cas. Et c'est pour bientôt, a confirmé Fifi. Je serai là quand « Charlie » va voler ! Ça ne se loupe pas, un truc comme ça !

Cet hiver, la neige a recouvert le monde ; elle n'en finissait pas de tomber. Nous sommes allés faire de la luge dans la forêt au-dessus du village. Nous, c'est Claudine, Fifi et moi. La terre était à l'infini. Nos bottes disparaissaient dans cette couche épaisse. Et la fumée sortait de nos narines, comme des grands qui fument, comme les chevaux qui galopent en plein effort dans le froid. Les plus forts, les plus hauts des arbres, les gardiens de la forêt, résistaient avec peine à cette poudre si lourde qui s'était déposée sur le bout de leurs bras. D'un coup, l'un d'eux vacillait et l'on recevait un gros tas de neige sur le coin du nez, comme un aigle qui lâche sa proie d'une hauteur inouïe. On éclatait de rire et notre rire courait autour de nous jusqu'à très loin. C'est un feu, un froid pareil, quand ça rentre à l'intérieur. Ça brûle comme un alcool qui serait sain. C'est sublime. Ça lèche le visage comme pour dire qu'on est en vie. Tu étais parmi nous, toujours, enfin plus exactement tu étais à l'hôpital, encore vivante.

Dans la famille de Claudine et Fifi, on se transmet le goût du bricolage. Ils ont une vraie luge en bois héritée de leurs parents, qui l'avaient déjà de leurs grands-parents. Figure-toi, maman, qu'ils la tenaient, eux, de leurs arrière-grands-parents. On n'a pas de luge comme ça chez nous, mais pépé m'a expliqué qu'avec une pelle on peut s'en faire une terrible. Et quand on est nombreux, une porte de Frigidaire fait l'affaire. On se met là-dessus à quatre ou cinq, après l'avoir hissée en haut de la pente ; on grimpe dessus et ça dévale. Pas possible de freiner. En bas de la piste, c'est chacun pour soi ; il faut sauter sur le côté ; ensuite la « luge-porte » va là où elle doit aller !

Fifi est parti en éclaireur… en fait il voulait faire les traces. On a marché un sacré bon moment derrière lui, côte à côte Claudine et moi, et là, sans un mot, j'ai pris sa main. À moins que ce ne soit elle qui ait pris la mienne. On a continué à marcher comme ça ; arrivés en haut, tout aussi simplement, on s'est lâché la main. Fifi a fait celui qui ne voyait rien. C'est arrivé pareil que ça s'est arrêté. Je ne sais pas pourquoi. On devait être juste heureux d'être là, dans cette neige qui nettoie tout. On célébrait à notre manière cette joie simple d'une journée sans école. J'ai été heureux en cet instant. Vraiment. Je le jure.

Jean-Marc Zanetti n'est pas tombé au final. Pas d'en haut en tout cas. Il est parvenu à triompher de sa trouille, s'est glissé le long du mur et s'est projeté en arrière pour atterrir le dos contre l'asphalte. Il a poussé une gueulante ; les maîtresses ont rappliqué, inquiètes. Et tous les autres, même Carol. S'il faut presque se tuer pour retenir l'attention maintenant ! Jean-Marc Zanetti s'en est sorti, avec une égratignure de rien, à peine visible sous son jean déchiré. Il s'est fait tout de même gronder, souriant de son air de crapule, dans le dos de Mme Cazes.

La pire des nouvelles.

Une tragédie.

Cet été je vais en colonie de vacances, avec ma sœur Gina. Sandra et papa viennent de me l'annoncer. Une vraie mise à mort. Pourquoi ? Mais pourquoi ? Je n'en ai aucune envie. Tu viens de partir, maman, et en plus je dois m'éloigner de papa ? Je n'irai pas. Pas envie d'être avec d'autres enfants que je ne connais pas, d'autres vies qui ne sont pas mon histoire. Qu'on me laisse dans la mienne dormir sous le petit lit de mon grand frère. Un point, c'est tout.

Alec est logé à la même enseigne… Il part deux mois dans le Jura. Deux mois sans le voir ! Le Jura. Ça ne me dit rien qui vaille, le Jura. Ils ont une maison là-bas, m'a-t-il dit. Ça me tue cette séparation. Pas question de dormir parmi d'autres petits lits étrangers, dans un dortoir à la noix. Au-dessus de mes forces. Je ne peux partir. On me dit que papa a besoin de se retrouver, de faire le point. On me dit que je dois voir d'autres choses, d'autres visages. Pour quoi ? Pour oublier ?

Pour t'oublier ? On souhaite t'effacer de ma mémoire ! Je n'en ai pas envie. Alors ce serait terminé, on tournerait la page ? Mais la page est pleine de ton visage, même si tu es morte, dans une boîte, même si c'est fini. Dans trente, quarante, cent ans, vieux, ridé, tu seras là pour moi, toute proche. Je te câlinerai, tu me parleras, tu continueras de me parler, avec ce sourire qui donne une lumière pleine à ton visage. Pour encore, toujours, et à jamais. La mort n'existe pas.

Et puis… que vont dire les autres quand je ferai pipi au lit ? Ils vont tous se moquer de moi ? Un mois, ça passe vite, je l'entends un peu trop, cette phrase. C'est pas long pour eux ! On veut mettre le petit Bruno à l'écart, dans son coin en colonie de vacances. On veut se débarrasser de lui ? Oh maman, tu ne les aurais jamais laissés faire.

Une fourmi. Je la vise soigneusement avec une loupe volée dans le tiroir où pépé range sa collection de timbres. Le soleil passe de tous ses rayons à travers elle et se transforme en sabre laser. Plus d'issue pour la bestiole. Elle ne peut rejoindre ses amies. Elle veut s'enfuir ; elle a si peur. Puis soudain, résignée, elle s'arrête. Elle a dû comprendre. On dirait qu'elle relève la tête, légèrement, prudemment, et me fixe de ses yeux minuscules. Elle a dirigé son regard vers son bourreau. Me supplie-t-elle ? Ta voix est inaudible, petite fourmi. Je me concentre. Le laser est pointé sur son dos. Je peux encore stopper l'exécution ; je peux mettre fin à ça. Je dois arrêter ! Il est encore temps. Arrête, arrête ! Une fumée s'élève du corps de l'insecte. C'est fini.

Je suis un monstre de six ans. Je m'effondre par terre, en pleurs. Je gémis devant le cadavre de ma si minuscule victime. Je devrais être à sa place, mort. Pourquoi, pourquoi j'ai fait ça ?

Je prends un caillou par terre, l'applique avec force sur le verre de la loupe ; je vais et viens, je raye complètement la surface convexe de l'objet. On dirait maintenant une patinoire en fin de journée, traversée d'allées et venues, lacérée de toutes parts. Personne ne me surprend quand je la range dans le tiroir de pépé.

Papa me demande pourquoi je ne rends pas plus souvent visite à sa maman. Mémé Pilar. C'est l'autre mémé. Il a de la peine quand il en parle, beaucoup de peine. Il voudrait que je me rapproche d'elle, surtout qu'elle vit là, tout près, à deux pas, sur la place. Toute frêle, toute petite, mémé Pilar est gentille, et courageuse, mais… elle ne parle pas. Un tel silence, ce n'est pas drôle pour moi. Voilà. Elle passe ses journées seule dans sa maison, et ne parle pas, enfermée dans des pensées comme dans une grotte, comme si elle gardait un profond secret. Quand je tends au maximum l'oreille, ses mots sont noyés dans un fort accent espagnol. Des paroles sortent de sa bouche et je ne comprends pas tout. Je l'aime, cette mémé. Mais comment le lui dire ? Lui dire merci de m'avoir donné un papa d'une telle force ? Qui avait une telle force…

Alors tu ne seras jamais aussi vieille qu'elle, maman ? Aujourd'hui, tu le sais, c'est le 28 juin. Mon anniversaire. Avoir sept ans me répugne ; je veux rester à six ; six c'est bien. Six c'est l'âge où tu vivais encore. Tout le monde m'attend à la maison, pour me faire une surprise. Aldo a vendu la mèche. Je n'y vais pas. Pas la force. Je reste chez mémé Pilar. De ses petits bras d'oiseau, elle m'enserre. Je sens ses petits os qui pourraient se briser tout contre moi. Quand mémé Stella me câline, j'étouffe – un vrai ballon de montgolfière qui oppresse mon souffle. Non, je ne bougerai pas de chez mémé Pilar. Déjà je m'endors sur ses doux genoux pointus de mémé espagnole.

« *Duerme, duerme, negrito...* »

Dans son bel uniforme de soldat, la photo de son mari Giuseppe au-dessus de nous domine le séjour. Mais ça c'est le secret.

Pour mon anniversaire, mémé Pilar m'offre un maillot de foot orange, celui des Pays-Bas, choisi sur catalogue ! Mais mon plus beau cadeau est ce câlin jusqu'à la fin d'après-midi. Avant de m'assoupir, ses doigts grattent le dessus de ma tête. Je voudrais que ça ne finisse jamais. Papa vient me chercher presque à l'heure du dîner. On m'a cherché partout, tout l'après-midi, pour cette fameuse surprise. Comment leur dire que je n'en veux pas ?

Papa et mémé palabrent en espagnol. Il prend ma petite main dans sa grande main et m'emmène à la maison, sans commentaire, et surtout sans rancune. Tout le contraire même : il sourit, de son sourire de papa géant. J'embrasse mémé. Mon papa est si heureux de nous avoir vus réunis tous les deux. Son petit et sa maman. La maison est déserte ; le gâteau est intact au centre de la table, avec les assiettes vides autour. J'ai dû en faire des déçus. Je m'en veux un peu. Sur mon petit lit, un superbe ballon de rugby en cuir, un vrai, tout neuf, et puis ce petit mot :

« Bon anniversaire, mon petit Bruno chéri. » C'est papa. Je coince contre mon cœur le plus beau des présents du monde et je l'embrasse. L'odeur du cuir neuf remonte avec force dans mes narines. Je fonds en larmes.

Au-dessus de moi, Aldo sourit. Dans ses mains, un petit chat tout noir. Très beau. Une petite chatte en fait.

« Pour toi, me dit-il, et il me tend l'animal ronronnant qui se niche dans mes bras.

— Je vais l'appeler Mireille.

— Pourquoi pas Mimi ? » lance papa.

Oui, pour eux ce sera Mimi. Mais au fond de moi, elle aura ton nom, maman, Mireille. Papa m'autorise à la garder près de moi cette nuit dans mon lit. Au bout de mes pieds, j'installe une litière de fortune, du sable dans une boîte à chaussures. Et un grand bol de lait. Je m'endors avec Mireille, qui vrombit de bonheur contre ma joue. Sous mes draps, sous mon bras, mon ballon de rugby en cuir véritable…

Je pense déjà au jour où ma petite chatte va mourir. Ça ne vit pas longtemps les chats, je crois. Toi non plus, tu n'as pas vécu longtemps. Et avec Mireille, ça va faire pareil ? Hein ? Elle va crever et j'aurai le cœur en lambeaux ? C'est donc ça, la vie : des rêves qui se noient petit à petit, un sac où s'entassent pêle-mêle amours et joies, des chagrins qui pèsent et vous emportent vers le fond ? Un sac que l'on porte en vacillant ; alors on chute ; notre vie se blesse à chaque mètre. Mireille va passer sous une roue, un truc comme ça, il y a tellement de bagnoles par ici. Je ne vais pas tenir, je n'ai pas la force d'affronter la mort par-ci par-là. Si une voiture l'épargne, un chien enragé lui sautera dessus et adieu. Comme celui de l'Hôtel Moderne en face. Un vrai lion. Il terrorise le moindre passant. Il mord. Alec en a fait les frais, direct à la cuisse, juste au-dessus du genou.

C'est le réveil. La lumière caresse tout sans distinction et échoue sur nous. Je regarde Mireille dans les yeux. Je dois lui dire la vérité, notre amour impossible, mon refus de l'aimer, mon devoir de ne pas l'aimer, enfin pas trop. Il ne faut pas s'attacher, elle va mourir un jour ; je n'ai pas le droit de savourer mon bonheur en cette heure. Ma petite chatte, tu aurais pu être mon grand amour, ma joie, mais je ne peux pas t'aimer. Je vais finir par le payer cher, ce bonheur. Je ne supporterai pas ta mort. Il y a déjà eu tant de tristesse.

J'éloigne litière et bol de lait. Mireille dormira loin de moi désormais. Direction la salle à manger. Elle vivra là, pour ses besoins, sa nourriture. Elle s'agrippe comme si elle devinait, une fois, deux fois, avec ses griffes fines qui se plantent désespérément dans mon sous-pull rouge. Non. Je la rejette hors de la chambre, referme sévèrement la porte. Elle ne cesse de miauler de l'autre côté, de m'appeler de sa petite voix. Je colle mon museau sous la porte, et moi aussi je pleure.

Avant de partir pour le Jura, Alec veut m'embrasser. Je détourne mon visage. Et si c'était pareil que le reste, ne plus le revoir, le perdre lui aussi. Comme s'il comprenait tout, il souffle à mon oreille : « On ne va pas mourir… jamais. »

Je regarde sa voiture qui s'en va. Ils ont l'air heureux, Marie-Josée, Chris, Rara, Nine. Même son père

Bernard rigole au volant de leur imposante DS noire. Alec ne sourit pas. Il m'envoie un dernier signe par la fenêtre puis se laisse engloutir par la banquette arrière. Et moi… Moi, on me laisse là encore sombrer, seul, si seul. Je ne veux pas de ces grandes vacances.

Dernière minute du match. Je pose mon ballon ; je le cale à l'aide de quelques cailloux sur l'asphalte. Je suis Jean-Pierre Romeu en face des poteaux. Le public du Parc des Princes retient son souffle. Si je passe la pénalité, la France battra l'Angleterre, son ennemi de toujours, et réalisera le grand chelem. Le ballon s'élève. Avant qu'il ne retombe, j'ai compris. Je lève les bras au ciel, j'exulte. Je suis heureux. Heureux comme un roi. Un roi de sept ans, seul au monde dans sa petite rue des Écoles, en bas de sa petite maison, sous un ciel d'été pesant comme un couvercle.

Quel plaisir ! Toute la famille est présente pour mon départ vers l'enfer. Aldo tente une grimace qui d'habitude me fait rire. Sandra a préparé mes affaires. Et puis mémé Stella, pépé, mémé Pilar, tonton Octave, tata Marcelle. J'embrasse tout ce beau monde. Gina est heureuse, elle, de partir en colo. Comment peut-on ? Ça me dépasse. Je ne dis rien. Tous des traîtres.

Papa va nous conduire jusque là-bas. À Saint-Cyprien Village. Deux longues heures de trajet. J'ai dormi cette nuit, la dernière, avec Mireille, qui m'a paru distante. Elle devait se douter de quelque chose. Elle le sentait. Elle n'a pas ronronné ; comme si j'étais un étranger. D'ailleurs, elle s'est éclipsée, et est allée se blottir ailleurs dès que j'ai éteint la lumière. Son dernier message était clair : un coup de griffe sur mon ballon en cuir. Aldo dit qu'il va s'occuper d'elle, promis juré. Ça ne me rassure qu'à moitié.

En route. La voiture commence à glisser lentement sur l'asphalte. Presque sans bruit. J'ai oublié quelque chose, c'est mon cœur – pas grave, pas grand-chose.

En passant devant le café, je jette un dernier regard à tous ces visages, je les connais bien, ils sont toute ma vie. Même le patron du bar, ce bourreau des âmes cassées, en fait partie. Une carte postale jaunie s'étend sous mes yeux. J'ai le pressentiment de partir pour toujours. Je lis Vernet-les-Bains barré sur le panneau. Carol n'est pas venue me dire adieu. À quoi bon ? Le C et le B ont disparu sur ma main. Et puis si elle était venue, je n'aurais pu lui dire un mot. Je n'ai plus le courage ni de lui dire pardon, ni de lui dire je t'aime. Tout donné, tout perdu.

Deux heures d'une route interminable. Des villages traversés, les uns après les autres, qui se ressemblent, avec d'autres vies dedans, et alentour. Il y a sûrement dans celui-là un enfant qui a perdu sa maman. Ou dans celui-ci. Ou nulle part. Il n'y a que moi à déplorer ton départ ? On m'a choisi. Pour être le seul. L'enfant le plus seul et le plus triste au monde.

Papa est silencieux ; il décoince un mot de temps en temps. Il est contrarié ; ça transpire de tous les pores de sa peau ; il est carrément désespéré. Il est en train d'abandonner deux de ses enfants vers un lieu inconnu, à des gens jamais vus. Il jette parfois un regard de chien battu dans le rétroviseur. Il lutte comment, lui ? Hein, maman, il vit ça comment quand il s'endort dans votre grand lit ? Je colle parfois l'oreille contre la porte de votre chambre ; ses pleurs de géant traversent le mur. Ne pleure pas, papa, mon petit papa.

Quand il parle sur cette route sans fin, la tristesse mange à moitié chaque mot qu'il prononce. À l'arrière, on est aux premières loges – un vrai corbillard. On traverse un paysage de désolation qui a la couleur de nos cœurs navrés. Gina est plus tranquille ; papa lui demande de bien s'occuper de moi. Après tout il ne faut pas me laisser seul, on doit veiller sur le petit. Je dois manger par exemple. Elle me sourit. Comment elle vit ça ? Comment parvient-elle à demeurer heureuse en s'éloignant à chaque seconde de toi, de notre maison ? De ce refuge où nous devrions être ensemble pour toujours ?

Les Abricotiers.

C'est écrit en gros à la peinture orange. Une grande cour où tout le monde est presque déjà là. Des enfants inconnus qui ne méritent rien d'autre. Des grands. Des petits. Même des plus petits. On me parque avec ceux-là. Un adulte salue mon père, et me sourit ensuite. Mon moniteur. Une sorte de papa de vacances, dit-il de son air guilleret… La ferme ! Un papa, je n'en ai qu'un et il va partir. Christian le mono me tend la main ; il n'aura pas la mienne. Mon nom ? Silence. Pour toute réponse, un revolver dans mon regard. Je le jure, à toi maman et à la terre entière : je ne dirai pas un mot ; on ne me fera pas parler dans cette prison. Je ne suis pas un traître, moi.

J'aperçois Gina, déjà au fond de la cour. Elle est avec les grands. On n'est pas là depuis cinq minutes qu'elle rigole déjà à pleines dents avec des inconnues. Je ne comprends pas. Papa m'enlace une dernière fois. Tous les autres parents sont déjà partis. Je pleure collé à sa barbe. Je sens qu'il voudrait faire pareil. Pleurer, pleurer. Il ne peut pas ; il n'en a pas le droit. Quand il s'éloigne, je l'appelle, le supplie, sans qu'un seul mot ne sorte de ma bouche. J'aperçois une dernière fois sa silhouette derrière ce petit mur de canisses qui longe le muret de l'entrée. Il monte dans notre voiture. Ça me fait drôle de voir notre voiture garée ici. Je ne l'ai toujours vue que devant notre maison. Soudain il redescend de la voiture, pose ses bras sur le capot, colle son front contre la portière. Et pleure. Il pleure vraiment, je te le jure, maman. Au bout de la rue, derrière ma nouvelle prison, mon papa pleure.

Mes vacances, ce sera cette prison. Ma nouvelle maison, ce dortoir. Vingt lits face à face, au milieu une allée, au bout un paravent. Derrière celui-ci, le lit de Christian. J'attends que tout le monde se soit installé. Je pose ma petite valise rouge sur le dernier lit restant. Mettez-moi où vous voulez. Si vous saviez comme je m'en fiche.

Ça ne traîne pas. Des bandes se forment. Ça rit gras. Déjà un petit apeuré s'est caché sous un lit. Un autre, plus grand que nous tous, le traque. Il veut lui exploser la tête avec un polochon. Le chasseur grogne, il rit, il exulte. Il a une voix rauque. Ce n'est pas une voix d'enfant. Dieu qu'il est laid ! Tout bigleux derrière ses épaisses lunettes aux montures de fer noir. On dirait la loupe de pépé. Ça lui fait des yeux énormes. Qui partent dans tous les sens.

« Willy, ça suffit ! »

« Willy, ne commence pas ! »

« Willy, laisse-le tranquille ! »

Christian essaie de le réprimander. Sans succès.

Willy est donc le nom auquel répond ce monstre. Le petit blondinet sort de sa cachette. Des larmes aux yeux. Un oiseau mouillé, perdu. Un beau début de vacances, non ? Je ne le connais pas, bien sûr, ce petit, mais je l'aime un peu déjà. Je serai toujours du côté des perdants. Christian tente de le réconforter. Le petit a l'air bien désespéré. Il doit avoir sept ans comme moi mais tout semble plus fragile en lui. Une sorte d'enfant miniature, un enfant de papier qu'un rien peut déchirer – ou brûler.

« Tout va bien, Luc », lui intime Christian sans oser le garder dans ses bras.

Luc et Willy. Je connais déjà deux de ces inconnus. Deux de trop.

« Luc, à l'envers ça fait cul ! » s'exclame, fier de lui, Willy.

Il est debout sur son lit, un champion de rien dans les faux yeux duquel on peut lire une joie furieuse. Tout le monde rigole de sa blague nulle. Pas moi. Christian tire le grand dadais par le bras, et le traîne avec difficulté hors du dortoir. En retenue jusqu'au soir chez le directeur. On range nos affaires ; chacun sa commode, à côté du lit. Dans ma valise, parmi mes habits impeccablement pliés, la photo de mariage de maman et papa… Ma Sandra… Un regard à droite, un autre à gauche. Personne ne me voit. J'embrasse l'image. Et la cache soigneusement entre deux chemisettes. J'ai pris une décision : garder le silence. Je serai le grand muet de cette colonie de vacances. On se retrouve pour le premier repas. Le réfectoire tremble des cris des autres enfants, un véritable raffut. Gina se tient là-bas, parmi les grands. Elle a l'air très heureuse et déjà installée. Tout à l'heure, elle m'a lancé un clin d'œil. C'est tout.

Un vieux barbu dirige notre prison. Il n'a pas d'allure. Je mesure combien mon père est beau à côté.

Dès qu'il prend la parole, silence général au réfectoire. On écoute religieusement. Excepté Willy, qui canarde de façon obsessionnelle le pauvre petit Luc avec des boulettes de pain mouillé. Ce sale gosse a toujours de la morve collée au nez.

Le directeur n'a pas l'air méchant. Quand il parle, sa voix s'élève au-dessus des tables surveillées tant bien que mal par les moniteurs. Programme des vacances : lever 7 heures, toilette, petit déjeuner, animations, déjeuner et sieste, plage, dîner 19 heures, veillée, coucher 21 heures.

Je m'en balance.

Depuis mon lit, j'ai une vue sur une lucarne tout en haut. Ma fenêtre d'évasion. Alors je m'enfuis, je ne suis plus là, je ne reviendrai pas. Je suis dans ma chambre, la chambre de ma chère petite maison, la chère petite maison de mon village. Aldo dort juste au-dessus. Papa, Sandra, Gina sont tout près. Sans bruit, j'ouvre la fenêtre, grimpe sur le toit qui surplombe la cour d'école, je m'allonge sur les tuiles fraîches. Je souris à la lune. Tiens, voici Alec ! Il s'allonge à mes côtés. Sourit à la même lune. Il m'aime, je le sais. On a de la chance ce soir : la lune est entourée des mille et une étoiles. Un bruit léger sur les tuiles… Carol s'assied à son tour au milieu de nous deux, pose son dos contre le toit, étend ses jambes, prend ma main puis celle d'Alec. Elle ne quitte pas notre lune des yeux ; elle appartient à la nuit.

Une horrible musique explose dans mon crâne, crachée par de vieilles enceintes. Une à une, de petites têtes se redressent, des marionnettes tirées du lit par un réveil diabolique. Je suis là, je suis bien là.

C'est le début des vacances et mon petit lit est tout mouillé.

Des jours de silence. Je ne me force pas. Christian ne me force pas non plus.

« Je sais pour ta maman, me dit-il un matin.

— Non. Tu ne sais rien. »

Je ne lui ai pas répondu.

Il m'aide à cacher mes draps trempés dans le fond du panier à linge sale. Les autres ne soupçonnent rien. Je l'espère, du moins. Pas un mot en tout cas quand je passe devant le petit groupe de joueurs de cartes installés sur le lit de Willy. Un vrai petit chef, celui-là. Ça m'indiffère son pouvoir à la gomme. Je pisse au lit, et alors ?

Je vais dans les toilettes. Je sors de dessous mon tee-shirt votre photographie. Vous êtes jeunes, si jeunes dessus. Heureux, vous avez l'air heureux. Des larmes. Quelques gouttes sur mes joues d'enfant muet.

« Bruno, s'il te plaît, Bruno ! »

Christian m'appelle derrière la porte. Je ne sais pas depuis combien de temps je suis allongé sur le carrelage frais, la tête sous la cuvette. Je ne lâcherai pas la photo. Je pourrais rester là, toujours.

C'est une vie de rituels ici. Départ l'après-midi pour la plage, en minibus. Ça gueule là-dedans. Des chansons idiotes apprises par le moniteur. Ça s'égosille dans la sueur, le piétinement et l'impatience.

« Un kilomètre à pied, ça use, ça use, un kilomètre à pied, ça use les souliers… Deux kilomètres à pied… »

Ça les rend euphoriques, ces conneries chantées.

Maman, toi tu savais ce qu'était la musique. Celle du *Printemps* de Vivaldi, tu sais. La beauté n'a rien à faire ici. Tant mieux finalement si on ne l'entend pas au milieu de ces attardés. Garde-la pour toi, garde-la pour nous, cette musique elle est à nous.

Il paraît que le bonheur c'est de se retrouver en groupes scotchés sur une plage, punaisés par le soleil. Et quand on n'est pas collés sur le sable, ou sur de moches serviettes de bain, il faut se réjouir d'être des gamins, de s'éparpiller de-ci de-là comme des mouches multicolores. Alors des maillots de bain de toutes sortes dessinent des confettis sur la plage, qui vont et viennent, braillent et crient.

Volontairement, j'ai laissé ce matin le mien à la colonie. J'ai feint l'oubli. Le moniteur passe son temps à se transformer en haut-parleur, nous rappelant tous à l'ordre. Willy est branque, comme d'habitude. Il plonge sans savoir nager, disparaît sans malheureusement disparaître. Christian doit aller à la rescousse sauver ce débile, l'arracher des profondeurs, le tirer jusqu'au rivage, le laisser tousser après une quasi-noyade. En crachant comme ça, on dirait un vieux phoque qui vient s'échouer pour mourir. Tu ferais mieux de crever, sale bête. Monsieur devient l'attraction numéro 1 de la plage ; tout le monde a les yeux collés sur sa tête rouge. Sauf moi. Un de ses sbires ramasse ses lunettes qui font des allers-retours ridicules avec les vaguelettes au bord de l'eau. Sans ses montures de fer, il a une vraie tête de monstre, encore plus impressionnante. De tout petits yeux qui se disent merde. Son délire aquatique lui fait un masque dégueulasse de sable, de morve, d'eau et de sel. Christian y va en douceur avec lui. Il a tort. D'un coup, ce malade éclate de rire. Un rire gras, que les autres s'empressent d'imiter. Cette chose n'est pas un enfant.

Je ne participe pas aux jeux de ballon. Envie seulement d'une tranquillité absolue, là, posé au milieu des sacs. Rien à faire, juste regarder droit devant. Christian me laisse, pas inquiet manifestement. Quelque chose vient de loin, avec douceur, et remonte. Je murmure. Je teste un son. Je vérifie que ma voix est toujours vivante.

« *Duerme, duerme, negrito…* »

Avec ce silence qui fait mes jours, une autre voix se fraie un chemin, sort de la cavité de ma bouche. Une voix inconnue. Plus aiguë.

Le goûter. Barre de chocolat ou pâte de fruit. Vous avez le choix. Ils se ruent tous sur le chocolat. Christian peine même à ouvrir la boîte sous leurs assauts. Reste du pain, de la pâte sucrée. Je prends le pain. Et enfouis le reste dans le sable. Je hais les pâtes de fruit. On ne m'enverra pas non plus à la baignade. J'ai un plaisir secret à refuser sans dire un mot. On a dû me cataloguer cinglé de la colo. Quelques-uns doivent penser que je suis seulement muet ! Retenez la version fou. Je vais bien finir par le devenir si on me laisse là plus longtemps.

Christian continue son épuisante surveillance : chacun doit porter ses brassards gonflés, il n'en mène pas large. Tu parles d'un métier ! Pourquoi a-t-il choisi ça ? Quel intérêt peut-on avoir à s'occuper de ces morveux jour et nuit, de veiller vingt-quatre heures sur vingt-quatre à leur sécurité ? Débile. Un boulot débile avec des débiles. Je les regarde de loin s'ébrouer dans l'eau. Je repense au pari fait avec Alec au sujet de l'autre tête brûlée de Jean-Marc Zanetti, grimpé sur le toit de l'école. Cette fois-ci, pari solo. Allez, disons deux noyés d'ici la fin de la journée. Je sens Alec me lancer un clin d'œil.

Au réveil du matin ou l'après-midi après la sieste, toujours la même musique. Elle vous vrille le crâne. C'est tellement fort. Pourquoi ils mettent un tel volume ? Une fois arrêtée, je la sens encore siffler dans mes oreilles. Ne rien dire, ne pas se plaindre. La plainte appelle la parole. Juste compter les jours qui restent. Je ne sais plus, encore une éternité. J'essaie de rassembler mes souvenirs. C'est maigre. Pas grand-chose. Presque plus rien. Ça me lamine. Tout disparaît. Tous ces visages familiers qui font une vie, qui font la mienne. L'aurais-je rêvée, cette vie ? Où sont ceux qui me sont chers, pépé, mémé, Sandra, Aldo ? Et Alec, mon ami pour toujours ? Et Carol, ma danseuse ? Les a-t-on effacés ? Cette simple idée est terrifiante. Pourtant, l'autre jour à l'heure du repas, j'ai senti papa tout proche, j'en éprouvais la présence, je devinais son visage. Il était là. Je le jure. Il nous observait. Nous reniflait. Comme un animal sur un territoire étranger, il repérait la proximité de ses enfants. Au-dessus du muret, j'ai aperçu son ombre. Là, derrière les canisses de l'entrée. Ses mains tenaient la clôture. Sa joue était collée à la paroi pour mieux nous entendre respirer. Et je l'ai entendu alors, le fantôme de mon père. Il pleurait. Il gémissait. Pourquoi arrachait-on encore le cœur de mon petit papa ? Sa voix flottait dans l'air du soir.

Une supplique. Gina ? Bruno ? Où êtes-vous, mes enfants ? Qui vous retient cachés ? Dans lesquels de ces lits êtes-vous prisonniers ? Ne pleure pas, mon petit papa ! La voiture a démarré, s'est dirigée derrière la nuit du coin de la ruelle. Puis Christian m'a ramené encore une fois à la réalité, leur réalité. Ça s'est passé comme ça. Reviens, papa. Viens me chercher. Sauve ton petit Bruno !

Je croise un court instant ma sœur au réfectoire. Je lui raconte ma vision vraie de vraie. Elle ne m'entend pas. Elle est heureuse dans ces murs. Je ne sais comment elle fait. Elle ne devrait pas être ainsi. Ou alors c'est une championne en tricherie. Il y a derrière elle toute une bande de garçons. Et de filles. Elle a ce pouvoir de sourire. Avec ça, elle rayonne. Avec ça, elle aimante les gens. À côté d'elle, même un instant, c'est comme si on me tendait un miroir. En regardant dedans, je vois un enfant tout gris. D'ailleurs, les autres s'étonnent. « C'est ton frère ? » Ça dure quelques secondes ; ensuite on m'oublie. Je n'existe pas. Je suis un poids mort. Un silence au cœur d'une prison d'été. Les autres s'amusent, rient, aiment. Vivent. Comme des enfants.

Alors que je m'apprête à reprendre la route de mon désespoir, Gina me le confie : on a bien vu papa dans les parages.

Christian relève le courrier. Des cartes postales à la main. Un dessin griffonné d'un mot. Des traces d'amour. Ça va traverser le monde et atterrir chez des parents rassurés. Et sûrement fiers de recevoir ces brouillons.

Auront-ils au moins mauvaise conscience d'avoir abandonné leur môme ?

Pas de carte postale à remettre à Christian. Pas de dessin maladroit, de trace baveuse d'amour, de signe de toujours-en-vie. Rien. Je m'enferme dans les toilettes. Je sors l'image du mariage. Tu es la plus belle.

Il me revient, le mariage de tonton Mario. Quand papa nous avait dit fièrement que tu avais été élue Miss Vernet-les-Bains. Il avait un peu bu. Je n'aime pas le voir comme ça, mais j'étais content quand même. Le dernier jour, quand tu m'as embrassé pour toute la vie, tu n'étais pas si belle, mais ça ne compte pas, tu étais malade.

Je crois que Christian m'aime bien. Il ne le montre pas aux autres, pas question, pas le droit. Je vois bien qu'il essaie de me protéger. Et moi ? Je lui donne quoi en retour ? Je refuse tout, absolument tout. Je suis quasiment à mi-peine et je ne me suis pas baigné dans la mer, toujours pas. Pas une fois je n'ai participé aux activités. Et j'ai réussi à ne me faire aucun ami. Luc, le tout-petit, le faible, le friable, aurait pu me plaire. Il a préféré se soumettre et rejoindre la bande de ce frappadingue de Willy. C'est le souffre-douleur ; sa seule manière de se lier aux autres. Lui aussi, il pisse au lit.

Je surprends parfois Christian. Il m'observe. Ma tristesse s'est installée en lui. Lui aussi. Le nombre de personnes à qui j'ai fait du mal sur cette terre. Et ce n'est que le début.

Ce soir, je refuse d'aller à leur concert. Soi-disant le point d'orgue de toutes les vacances. À ne rater sous aucun prétexte ! Les grands, les moyens, les petits, tout le monde assistera au tour de chant d'une certaine Annie Cordy. Personne ne veut rater cette occasion unique. Et tous de monter dans le bus de nuit, de chanter à tue-tête les chansons de la colo. Sur l'affiche collée à l'entrée de la cantine, on voit ce petit bout de femme blonde avec un chapeau vert et deux nattes dressées sur le dessus de la tête comme deux grandes oreilles ridicules. Christian accepte sans trop rechigner que je ne les accompagne pas. Sûrement en a-t-il assez de moi. Je ne vais pas encore gâcher sa soirée, leur moment. Avec mon regard habituel, battu, celui qui pue la tristesse. En partant, en passant tout près de moi, au moment de quitter la chambre, Willy m'arrache discrètement une touffe de cheveux. « Pisseur ! Pisseur ! » Je ne dis rien. J'écoute les bus s'éloigner. Je suis enfin seul, allongé sur mon petit lit. Je regarde la nuit par la lucarne tout en haut. Je me sens bien. Dans cette prison, le silence est mon ami. Je suis prêt, maman, tu peux venir. Mille nuits que je t'attends. Viens me chercher, viens m'embrasser. Ne vois-tu pas comme ma peau est sèche ? Ne sens-tu pas mon cœur presque mort ? Ne laisse pas ton petit bébé dans ce cachot. On ne me retrouvera pas ici. Alec, ensuite Carol... ils m'ont tous abandonné. Plus que toi. Viens me chercher.

Elle se tient juste là. Juste au-dessus de mon lit. Je ne l'ai pas entendue entrer. Je n'ai pas peur, je peux affronter n'importe quel fantôme. Elle sourit.

Sans mot, elle m'observe, ses yeux montent et puis descendent le long de mon petit corps. De grands yeux verts. Elle n'a pas l'air fascinée, non, peut-être un peu étonnée.

« C'est donc toi, le petit rebelle ? Je m'appelle Patricia. Je suis la fille du directeur. C'est moi qui suis chargée de te surveiller ce soir. À cause de toi, je n'ai pas pu assister au concert d'Annie Cordy, et je t'en remercie. Hahaha. »

Elle rigole, et ça me fait sourire. Ça fait du bien, une tête nouvelle. D'un mouvement sec, elle m'arrache du lit. Je m'envole. Elle rit aux éclats, ça envahit la grande chambre, vide de tous les autres. Je m'agrippe à son bras pour ne pas tomber, elle me retient franchement, sans cesser de rire. J'ai de la chance, je suis en pyjama. Mon pyjama bleu. J'aurais pu être tout nu. Patricia ne relâche pas son étreinte. Elle m'enferme dans ses deux bras maintenant. Et ma tête bouge au rythme de son souffle. Ma tête qui arrive à peine juste au-dessous de sa poitrine. C'est une grande. Non, une adulte. Ses longs cheveux roux bouclés comme du feu en cascade. Elle est couverte de petites taches de rousseur jusque sur le bout de son nez un petit peu courbé. Ses grands yeux tout verts incrustés comme deux lumières dans son visage. Je crois qu'elle est belle. Pourtant son père… Même si j'ai un peu peur, je voudrais qu'elle ne me lâche jamais.

« Tu peux me lâcher maintenant, si tu veux ! »

Elle n'arrête pas de rire.

« C'est quoi ton prénom ? »

Je balbutie :

« Bruno.

— Bruno ? Alors tu n'es pas muet ? Hahaha. »

Plus je la regarde, plus je mesure la générosité de sa poitrine. À part mémé Stella, je n'ai jamais vu ça... C'est si gros ! Je ne peux détacher mon regard de cette courbe imprimée à son corsage. Elle s'en aperçoit et sourit. Elle s'appuie encore plus, pèse de toute son étreinte. Avec douceur. Mon visage rencontre ses seins gigantesques et s'écrase dedans. Je ne parle pas. Je ne bouge pas. Mes yeux se sont fermés.

« Mon bébé, mon petit bébé ; tout va bien se passer désormais. C'est promis, mon petit Bruno. Ce soir, c'est moi ta maman. »

Je m'écarte, un peu agacé quand même. Elle ne se moque pas. Tout est vrai. Son visage magnifique dégage une douceur, une tendresse, celle dont j'ai besoin, là maintenant, à cet instant. Elle dégrafe le haut de son chemisier et y colle ma bouche. Elle retient ma tête par en dessous. Je ferme les yeux. Je tète. Maman, je tète.

Le lendemain, tout le monde ne parle que du concert. Je m'en fiche complètement, de leur concert. Je scrute partout, je cherche du regard dans tout le réfectoire. Mon magnifique fantôme à la crinière rousse n'est pas là. Rien. Était-ce un rêve, hier soir ? Non, il était vrai. Exact. Comme l'heure sur une horloge. Cette nuit, un incendie est venu ravager mon ventre.

Balade au village. En rang deux par deux. Personne pour me tenir la main – personne n'en a envie. Je suis le dernier à suivre la file qui s'étend dans la rue devant. J'aime cette solitude, c'est la mienne ; je l'ai choisie ; elle me comble. Christian comme souvent se fait déborder. On traverse un marché puis une petite route fréquentée. Willy fait le pitre au beau milieu d'un passage piéton. Il joue l'escargot qui ne parvient pas à passer. Ses disciples rigolent – de vrais esclaves. Une voiture klaxonne, une autre… Un type excédé sort de son véhicule et engueule Christian, complètement dépassé.

Je regarde toute cette agitation depuis le fond. Je me sens vidé de tout. Alec ? Où es-tu en ce moment même ? Penses-tu un peu à moi ? Aldo, quelles nouvelles de Mimi ? Il me tarde de caresser à nouveau mon ballon de rugby. Quelques jours. Juste quelques jours encore.

Tout va très vite. Willy passe à toute allure en me collant dans les mains un rétroviseur. Christian fonce dans ma direction, hors de lui. Il hurle de colère, les yeux révulsés. Je ne le reconnais plus. Il m'arrache le rétro des mains, me gifle fort, très fort. Une gifle monumentale. Un bruit terrifiant. Il ne hurle plus : il aboie. N'arrête pas d'aboyer.

« Petit con, tu te crois tout permis ; tu vas arrêter de nous faire chier, hein ? »

Je ne sens plus ma joue. Ma tête s'est enflammée sous le coup. Je suis là, raide comme une statue, le monde s'est arrêté de vivre. Mes yeux se sont plantés dans ceux de Christian. Mes bras longent mon corps ; ils sont devenus si lourds. J'entends des mots qui ne sortent pas de ma bouche.

« Vas-y, tape, tape encore, plus fort ! »

Willy s'est enfui et se planque quelque part. Sûrement derrière la voiture abîmée.

« C'est pas lui, monsieur, c'est pas lui ! »

Des voix d'enfants s'élèvent ; la mienne reste au fond de moi. Christian fixe, hagard, le rétroviseur, qui est comme un bébé mort dans ses mains. Il relève ses yeux vers moi, les baisse, me regarde à nouveau. Il n'a plus que ce regard hébété. Je fixe de toutes mes forces ce regard paumé, je ne le lâche pas. Mon cœur, je ne le sens pas, je le vois très nettement battre au fond de mes tempes. Je ne sens plus du tout mon oreille gauche.

« C'est pas lui, Christian, c'est pas lui. »

Ça gronde fort maintenant. Les yeux de Christian sont tombés au sol. Ils traînent sur l'asphalte. Comme s'ils admiraient un chef-d'œuvre décroché d'un mur. Christian a tout perdu. C'est sans retour. Je le vois s'agenouiller et me plaquer contre son torse.

« Pardon, pardon. »

Je ne réponds pas à cette étreinte. Mes bras sont comme ses yeux, au sol, cloués à terre, inertes, morts, perdus. Il m'embrasse en pleurant. Baisers rapides, baisers de trop, de-ci de-là, partout, sur mes mains, mes joues. Pathétique, tu es pathétique, Christian le moniteur. Tu me fais pitié, mais je serai toujours du côté des perdants. Je cherche la chose la plus humiliante à faire. Je pose ma main sur sa tête. Nous nous hâtons de rentrer plus tôt que prévu aux Abricotiers, rapidement, sans une parole ; nous avançons comme une meute égarée. Christian est maintenant le dernier de la file, quelque chose d'invisible le retient. Il avance de travers, complètement paumé. Le directeur vient chercher Willy plus tard dans la chambrée. Derrière le paravent, il s'entretient à voix basse avec Christian. Et repart de notre prison avec le condamné Willy. La tête baissée, sa morgue en a pris un coup, il n'en mène pas large. Faites pas de mal à Willy ! Je serai toujours du côté des perdants.

Il y a deux clans : les autres et moi.

Depuis cette injustice, Christian est à mes pieds. Honteux, il ne sait comment se faire pardonner. Il me protège tous azimuts. C'est parfois touchant, souvent ridicule. À la plage, j'ai droit, suprême honneur, à deux barres de chocolat avant la ruée sur le goûter. Quant aux autres enfants, je suis l'objet de leur mépris. Avant l'incident, ils m'ignoraient ; désormais, je suis dans l'autre camp. Le premier camp comprend tous les enfants sans exception, l'autre un seul : moi, dit « le muet », dit « le protégé », dit « l'infâme chouchou », le détestable pestiféré. Je n'en ai rien à secouer, de leur mise à l'écart.

Cette fois-ci, je commence à pleurer pour l'attendrir… j'ai beau essayer, Christian ne peut rien pour moi. Plus je pleure, plus mon regard devient exagérément plaintif ; je fais tout pour ne pas participer à la sortie. Mais on ne peut me garder ce soir aux Abricotiers, même pas Patricia. Christian me promet qu'aucun enfant ne m'embêtera. Je serai parmi eux, tranquille.

Après le tour de chant d'Annie Cordy, place à un magicien. Il se produit sous un petit chapiteau dressé sur le parking du supermarché de Saint-Cyprien Plage. On prend le bus. Qui aura la lourde peine de s'asseoir à côté de moi ? Toutes les colonies de vacances du coin rappliquent ; il va y avoir foule. J'aime la magie, et les magiciens. Pas sous un petit chapiteau. Je les aime à la télé, pas dans une salle bondée. Avec pépé, je ne rate jamais Gérard Majax à la télévision. On est toujours épatés par ses tours de magie. Comment font-ils, ces magiciens ? On ne voit jamais le truc. En plus, ils font ça en toute simplicité, sourire aux lèvres. L'émission terminée, pépé et moi on ne renonce pas ; on met en pratique. Une fois qu'on est prêts, mémé Stella est notre public. Voici Bruno le magicien – et pépé l'assistant. Si ça marche, succès garanti : mémé me serre dans ses bras, émerveillée. « Mon coco de Bruno ! », ça vaut toutes les récompenses du monde, non ? Quand je n'y arrive pas, colère garantie. Je m'énerve, je jette tout à terre, deviens menaçant, et au final claque la porte de la maison. Ça les rend tristes, mon attitude.

Des centaines d'enfants sont là, à trépigner sur les gradins en bois du petit chapiteau. Impatients et heureux. La plupart se sont battus pour être devant. Moi, je m'installe bien en haut, tout au fond. Christian reste près de moi. Dès qu'il croise mon regard, je vois toute sa culpabilité tatouer son visage. Je pourrais lui pardonner, lui dire qu'il n'en savait rien, que ça a été une regrettable méprise. Je pourrais alléger le sac de remords qu'il tire et qui empoisonne sa vie depuis.

Il a changé, Christian, même avec les autres. Il subit les remarques quotidiennes du directeur, qui lui reproche son manque de poigne. Ça n'a cessé d'empirer avec les petits. Il est dépassé. Moi, je ne trouve pas les mots. Je ne sais que pleurer ou demeurer seul, cloîtré, dans un mutisme qui le crucifie toujours plus. Je ne suis pas un bon enfant, maman. Je fais mal aux autres. Christian pleure parfois derrière son paravent. Je sais qu'il n'en peut plus, que nous sommes à deux doigts d'un possible drame. Et s'il se pendait, serait-ce ma faute ?

Le magicien a débarqué sur scène. L'hystérie est collective. Une musique aussi dégueulasse que celle du réveil postillonne des haut-parleurs et l'accompagne dans ses ronds de jambe. Le type est en costume noir. Il fait sa star au milieu de la piste. Je ne l'aime pas. Aucune allure. Ce n'est pas Gérard Majax.

Son assistante a l'air bien malheureuse ; il manque des paillettes sur son habit de lumière usé. Ses cheveux sont faux ; elle s'est collé une triste perruque jaunâtre, rien à voir avec la tienne. En plus, elle boitille. Elle semble déprimée derrière son sourire continu. Tragique. Ça, une assistante ? Plutôt une esclave, battue par ce raté de magicien au bide qui déborde.

Les tours de magie s'enchaînent. Vraiment du bas de gamme. Du pipi de chat. Je les connais tous déjà, grâce à Gérard Majax. Les gamins autour s'extasient, les débiles !

« Bientôt fini », me soupire Christian en posant sa main sur ma cuisse.

Moi je suis là et pas là, j'enlève sa main de ma cuisse. Ouf, la fin du spectacle… il était temps.

L'assistante dépose au milieu de l'arène une imposante peluche. Elle est allée la récupérer derrière un vieux camion en claudiquant. Un éléphant, avec de longs poils. Il fait presque plus vrai que nos deux artistes.

« Cher public, notre dernier tour ! » claironne le magicien dans la sono qui crachouille.

La musique s'arrête enfin. Le type a pris une voix grave, bêtement solennelle, pour parler aux crétins ensorcelés qui m'entourent. Si Alec était là, il penserait comme moi, j'en suis sûr. Le magicien de pacotille lance un défi : quiconque devine le tour suivant emporte la peluche. Ce gigantesque éléphant. Un vrai concert s'élève fait de « Oh ! », de « Ah ! », de « Moi, moi ! ». Tous ces imbéciles sont en transe. Le magicien, lui, est en sueur, et se saisit d'une corde tendue par son esclave. De quel âge est cette femme aux faux cheveux jaunes peroxydés ? Sa vie est enfouie sous son maquillage.

« Je sais ce qu'il va faire. »

La phrase m'échappe. Elle déclenche un sourire un peu tordu sur le visage de Christian.

« Mesdames, messieurs, cher public, chers enfants, celui qui réussira à nouer cette corde sans en lâcher les extrémités repartira avec ce magnifique éléphant d'Asie. »

Un, deux, trois enfants se jettent sur la piste en hurlant : « Moi, moi ! »

Willy s'est mis debout sur son siège. Il pousse des cris de primate en tambourinant son torse de ses poings. Cet enfant n'est pas un enfant. Il passe le bras dans son tee-shirt pour coincer sa main sous son aisselle. Il imite le bruit des pets en faisant ça. Personne ne le voit, sauf moi. Et Luc, presque obligé de rire.

Un à un les candidats tentent leur chance. Ils se ridiculisent devant un public haletant. Mais personne ne connaît donc ce tour ? Soudain Willy jaillit sur la piste, saute au cou de l'animal en peluche et roule avec lui dans la sciure. L'assistante cherche désespérément un adulte dans la salle. Le directeur en personne ramène Willy par l'oreille. Les enfants sont devenus dingues. Le pseudo-magicien est au bout de ses ressources.

« Alors, personne ? »

En haut des gradins, au fond de la salle, Christian lève le bras. Tout le monde se retourne.

« Venez, monsieur, approchez ! »

Le public le regarde. Christian pointe dans ma direction. Il a retrouvé son grand sourire. Je suis gêné, je lui en veux, tu m'as dénoncé, tu me tues en faisant ça, Christian. Tu me crucifies encore. Toi, il n'aurait pas fallu que je te croise pendant la guerre. Je n'aurais pas voulu te croiser du tout. Maman, Alec, venez à mon secours… et puis merde… ça a assez duré.

Une acclamation démente accueille mon entrée en bas. Je n'entends plus rien. Je perçois juste des visages déformés par l'excitation. Le magicien, sûr de lui, jette un regard hautain vers sa femme-objet. Et me fusille avec ses yeux trop rapprochés dès que je me tiens près de lui.

« Eh bien, à toi de jouer, mon petit ! » s'exclame-t-il avec condescendance.

Je n'hésite pas une seconde. D'abord, je croise les bras, une extrémité de la corde dans chaque main. Je défais le nœud de mes bras, la corde se retrouve à l'inverse parfaitement nouée, comme par magie... Tellement facile. Majax m'avait montré le truc. Je l'ai réussi plus d'une fois, ce tour, devant mémé, toujours émerveillée.

Silence de mort. On n'entend plus un son sous le chapiteau. J'ai encore trouvé le moyen de ruiner l'ambiance. Je rends la corde au magicien, ce mauvais artiste, qui me regarde, hébété, abasourdi, l'air complètement idiot. Puis son regard se charge de méchanceté. D'un coup, comme après le départ au pistolet d'une course, le public des petits morveux exulte. Le chapiteau n'est plus qu'un cri en une seconde. La folie, l'hystérie gagnent tout le monde. Les applaudissements fusent de toutes parts. Ils sont debout sur leurs chaises, même les parents. Le directeur tape à tout rompre. Tranquillement, je saisis le cou de la peluche géante. Sans demander mon reste, je traîne la bête par l'oreille à travers la sciure pour regagner ma place.

« Pas si vite, l'ami, pas si vite », hurle le magicien. Sa voix tendue se brise dans la sono. « Tu as triché, mon petit. Oui, tu as triché ! »

Comment ça j'ai triché ? Où j'ai triché ? L'assistante, une vraie sorcière vue de près, retient l'éléphant de l'autre oreille. Nous tirons chacun de notre côté. Les cris de la foule se transforment en une véritable bronca. Huées, injures surgissent de partout. Le magicien a lâché son micro sur le sol et prête main-forte à la dame, qui glousse comme une oie en plein gavage, en ne cessant de se cramponner à l'autre bout de la peluche.

Un énorme larsen jaillit des petites enceintes sur pied aux deux extrémités de la piste. Je ne lâche rien, je ne lâcherai rien. Le sifflement des baffles devient un cri suraigu, ce son venu droit de l'enfer donne le signal. Le public déchaîné fonce comme un seul enfant sur nous. Les mômes s'enfuient dans tous les sens, les moniteurs dépassés leur courent après, en criant leurs prénoms, comme on jetterait des bouées dans la nuit noire d'un naufrage. L'assistante est tombée sur les fesses dans la sciure. Je vois de la poussière s'élever autour d'elle et puis je vois sa culotte aussi. Elle a remporté le morceau. Elle tient la peluche dans ses bras. Comme ça, les jambes en l'air, elle en deviendrait touchante. J'ai moi l'oreille de l'animal bien serrée entre mes doigts. Autour, c'est la guerre. Le directeur attrape le magicien par le col et le traite de salopard. Christian, lui, m'emporte par le bras. « Vite, vite par ici », et puis : « Ne bouge pas, je reviens ! »

Il fait demi-tour, pousse de l'épaule le directeur et allonge une droite, un magnifique coup de poing rempli de toutes ses rancœurs, ses peines et ses frustrations, sur le nez de l'imposteur. Je suis possédé par la joie. Moment d'extase, de bien-être ultime, de fierté. Il n'y en aura pas d'autre, maman, je te le jure. Dans le bus qui nous ramène à la colo, Christian ne perd pas son sourire. Désormais je porte sur lui un autre regard. J'en suis presque fasciné. En regagnant leur place, les autres me tapent chacun sur l'épaule. Je n'ai pas lâché l'oreille de mon éléphant. Arrivé à ma hauteur, Willy, sans dire un mot, m'offre la trompe du pauvre éléphant d'Asie. Du coton blanc pend encore à son bout.

Les jours suivants, certains tentent de venir vers moi, pour une seconde chance. La porte reste fermée.

Pourquoi faire copain-copain ? Besoin de personne. Vous n'êtes ni mes amis, ni mes ennemis ; vous êtes ma douleur. Je dois rester concentré sur la seule chose qui compte : mes derniers pas vers le bout du tunnel, vers la lumière. Le mur érigé dans ma tête et les traits barrés un à un à la craie.

Je glisse mes doigts entre les chemisettes rangées dans la petite commode près de mon lit. Plus de photo. Je fouille. Elle n'est pas là. J'étale mes habits sur le lit. Toujours rien.

Willy…

Votre photo de mariage est déchirée ; elle coule au fond des toilettes. Je vous regarde en morceaux, toi et papa. Un morceau de visage qui sourit, un œil, un bout de vêtement, tout cela flotte à la surface de l'eau trouble. Je m'affaisse. La tête dans la cuvette, je pleure. Et puis je ne pleure plus. Quelque chose naît en moi. Quelque chose d'étranger, d'inconnu. Cela monte des pieds au sommet de mon crâne. M'élève, me tient dressé. J'éprouve de la haine, un désir de meurtre. Cette vie en communauté m'apprend à haïr. Je suis terrifié par cette découverte. Je suis capable de tuer. Je plonge ma main dans l'immonde, retire les bouts de vous en reniflant mes larmes. Il en reste un collé au fond. Le bras de papa signant le registre du mariage. Les mains dans la pisse, je ne pense qu'à toi maman.

« Allez, file te coucher ! » me demande Christian de derrière son paravent.

Les autres sont prêts pour la nuit. Je m'assois avec calme sur mon lit. À l'autre bout du dortoir, Willy s'est endormi. Il ne bouge pas, enroulé dans ses draps. Ce salopard vient encore de passer un moment chez le directeur. Rien ne sera assez mauvais pour lui. Ce soir, dans le dortoir, personne n'a envie de s'amuser à coups de polochons. L'air est saturé, électrique. Je fixe les morceaux de photo déchirés.

« Extinction des feux ! »

Christian tourne l'interrupteur. Je bondis hors du lit, traverse la chambre à toute allure, plus rien n'existe autour.

Je saute sur le lit de Willy. J'empoigne ses cheveux. La surprise est totale. Il n'a le temps de rien. Christian non plus. J'arrache cette ordure hors de son lit sans le lâcher une seule seconde. Il hurle à la mort. Un loup dans la gueule d'un piège oublié. Je le traîne sur le sol, défonce la porte des toilettes à coups de pied, sa gueule de monstre cogne d'abord sur le carrelage puis sur le rebord de la cuvette. Il se débat en vain, ses jambes font des moulinets, il ne peut s'échapper. Mes doigts sont des serres d'aigle plantées dans son crâne. Je hurle, il hurle. Christian qui a rappliqué hurle aussi. Il essaie de me retenir par les jambes, par la taille, comme il peut. Trop tard : j'ai plongé la tête du monstre tout au fond. La bouche ouverte dans la pisse. Je le tue. Je ne te lâcherai pas, je le jure, je te noie, je te tue. Christian parvient à m'arracher le bras. Il hurle sans fin. Je hurle sans fin.

Le sang de Willy se mélange à la pisse. Christian m'a empoigné par les cheveux ; nous tombons en arrière. Il m'immobilise sur le sol, ses jambes nouées autour des miennes. On a allumé la lumière. Le directeur se tient là. Les enfants aussi. Et Patricia. Ses deux mains qui cachent sa bouche grande ouverte ; son joli visage constellé de taches de rousseur est effrayé ; ses yeux verts sont immenses. Ses cheveux comme une flamme, et ses seins.

La moitié du corps englouti par la cuvette, Willy ne meurt pas. Willy ne meurt pas, Willy n'est pas mort.

On m'envoie dormir chez les grands. Ce sera ma dernière nuit. On a posé mon petit matelas au pied de celui de ma sœur. Gina me murmure des mots de réconfort. Elle ne lâche pas ma main. Je ne gémis pas. Je suis juste saisi d'un tremblement continu. Tout à l'heure, on m'a jeté sous une douche froide pour me calmer. On m'a enveloppé ensuite dans une serviette. Puis Christian m'a gardé auprès de lui. J'étais comme un petit oiseau mort. Je n'ai pas parlé, je ne parlerai plus, à qui que ce soit. Demain, papa vient nous chercher. De toute manière, c'était presque la fin. Gina est triste. Pour moi, pour elle, pour ses amis de colo qu'elle doit quitter pour toujours, tout ça à cause de son petit frère. Suis-je le mal, maman ? Où que j'aille, c'est le mal que je fais. Toujours.

Je ne suis étonnamment pas triste. Tous les visages connus apparaissent en moi, comme un film. Ils défilent un à un : Alec, Carol, pépé, mémé, Sandra, Aldo. Un à un. Tous. Ils me sourient gentiment. Tous me tendent les bras, me ramènent à la vie, chez moi. Elle se tient toute proche, la vie. Elle arrive…

Pour ma dernière nuit de prisonnier, je suis presque heureux. Je suis complètement heureux. Je suis le prisonnier le plus heureux de la terre. Je voudrais gueuler mon bonheur dans la nuit des grands. Gina s'est endormie. Son bras pend depuis le haut du lit. Sa main tient toujours la mienne. Je ferme les yeux ; je te veux. Viens me chercher. Je voudrais une dernière fois sucer le bout des seins de Patricia.

Je n'ai pas tué Willy.

Papa discute avec le directeur. Nous sommes dans la voiture, en train d'attendre qu'il ait fini. Les valises sont dans le coffre. Il s'excuse de mon attitude, encore. Comme avec Mme Cazes l'autre jour. Elle ne sera d'ailleurs plus mon institutrice à la rentrée. En CE1 j'aurai Mme Garcia. Elle a la réputation d'être sévère. Pour toute bêtise, un coup de règle en fer très fort sur le bout des doigts. Les grands nous ont filé l'info. Je voudrais qu'elle tape fort.

Mme Cazes m'a appris à lire, comme à tous les enfants qui sont passés depuis des années et des années dans sa classe. Je pense à cela en jetant un dernier regard à la pancarte de l'entrée, devant le mur de canisses. Les Abricotiers. Écrit à la peinture orange.

Les petits sont à la sieste. Je ne dis adieu à personne. Je pense à l'horrible musique qui va les réveiller bientôt. Je ne l'entendrai plus jamais, jamais. Deux grandes filles viennent à notre voiture embrasser Gina une dernière fois. Elles pleurent toutes les trois maintenant. Un garçon se tient quelques pas derrière. Il fait un signe léger à ma sœur. Elle lui renvoie un baiser qu'elle souffle du bout des doigts. Carol ne m'a jamais fait ça. Ni personne d'ailleurs. Au fond de la cour, j'aperçois le petit Luc s'enfuir comme un voleur de derrière le réfectoire. Juste derrière lui, Patricia sort à son tour, discrètement, en reboutonnant le haut de son chemisier. Papa monte silencieusement dans la voiture. Il me tend une lettre.

Bruno, mon petit Bruno,

Je sais que tu souffres. Je sais que tu te sens seul. Je sais que ta maman te manque beaucoup. Il faut que tu regardes devant maintenant. Ta vie sera belle. J'aurais voulu te parler, t'aider, te faire sourire, mais j'ai tout raté. Et ça me fait mal, tu sais. Ce n'est pas Willy qui a volé la photo de tes parents. Bien sûr, Willy a été très difficile pendant les vacances. Mais c'est un garçon très seul, très triste lui aussi. Il a perdu son papa et sa maman au début de l'année. Prends soin de toi, fais le bien autour de toi autant que tu le peux. Je t'embrasse fort, mon petit Bruno,

Christian

Nous laissons les Abricotiers loin derrière. La voiture continue de rouler. La route sera longue mais je sais que tout au bout c'est ma maison.

Je déchire la lettre en petits morceaux. Je baisse la vitre. Un vent chaud, délicieux, s'engouffre jusqu'au fond de ma gorge. Par la vitre arrière, je regarde les bouts de papier s'envoler. Comme des milliers de papillons enfin libres.

« Vous autres, vous pensez tout savoir sur moi, mais vous ne savez rien. »

Quand je sors de la voiture, ils sont là, bras tendus. Je m'arrête un instant. Rien n'aurait donc changé ? Ce sont les mêmes statues qui se tiennent là. Elles n'ont pas bougé d'un iota durant mon emprisonnement. Pépé m'a déjà raconté une histoire comme ça, des gens surpris par l'explosion d'un volcan, pris dans la lave, retrouvés des siècles après dans leur position de peur panique. J'ai retrouvé la même photo jaunie en repassant devant le café ; les mêmes personnes s'y trouvaient assises aux mêmes tables. Mêmes têtes, mêmes positions. Et le même empoisonneur derrière son comptoir.

J'aimerais les embrasser tous en même temps. Leur dire qu'ils m'ont manqué. Et leur demander pourquoi ils m'ont envoyé en enfer. Gina tombe dans les bras de mémé Stella, l'embrasse. Je choisis mémé Pilar pour le premier câlin ; je sais que mon père sera content. Aldo saute sur place d'une jambe sur l'autre en tapant des mains. Sandra me regarde avec affection. Comme elle te ressemble ! Pendant une seconde, j'ai l'impression de croiser ton regard, maman. Ai-je le droit d'être si heureux ? Il fait tellement chaud. Mes poumons se remplissent pourtant d'un air frais et vivifiant. Je reviens à la vie. Je suis avec les miens, dans mon village, rue des Écoles. Je suis de retour à la maison. On ne va pas mourir. Toi non plus.

« Mireille s'est blessée. »

Aldo m'annonce la nouvelle. La petite chatte est handicapée. Je la retrouve en poussant la porte de la buanderie. Je m'allonge près d'elle. La petite boule de poils, immobile, respire par à-coups. J'approche mon visage et caresse son dos, respire le lait séché sur ses poils. Aldo m'a prévenu : elle n'a plus que trois pattes. Pour boire son lait, elle doit mettre sa tête de côté et la plonger vers le fond du bol. Elle s'est endormie dans le moteur d'une voiture. Le type a démarré ; elle a été avalée d'un coup, enroulée par l'hélice. Le type n'a pas compris de suite et a tenté plusieurs fois de démarrer. Il entendait hurler quelqu'un, des pleurs sous son capot ! C'est M. Padovani, le gentil garde champêtre, un ami de papa, qui a fait le sale boulot. En tournant les pâles du moteur à l'envers, il l'a libérée. Déchirée mais vivante. On l'a emmenée d'urgence chez le vétérinaire. Le docteur a demandé à papa s'il souhaitait qu'il abrège ses souffrances. Papa n'a pas voulu qu'on tue mon cadeau d'anniversaire. Alors, pour lui sauver la vie, on a dû l'amputer. Elle se tient maintenant sur ses trois pattes et me regarde tendrement. Ou pas. Est-elle heureuse de me retrouver ? Pleure-t-elle ? Sourit-elle ? On ne lit pas sur le visage d'un chat. Je suis sûr qu'elle ne sourit pas.

Je cherche mon ballon de rugby. Le jour de départ à la colo, je l'avais dissimulé derrière des pulls, au fond de la penderie. Il n'y est plus. En mon absence, Aldo a joué avec, et l'a perdu.

Je descends sur mon terrain, ma rue. Les poteaux sont toujours là. Je m'élance et je shoote dans ma vieille quille bleue. Elle s'envole à peine et passe complètement à côté. Je ne vais pas la récupérer.

Alec va rentrer dans quelques jours. Sa carte postale le précise. On y voit des maisons, une petite église. Dessous, le nom en gros du village : Arbois, Jura.

Il écrit bien Alec – il n'est pas le premier de la classe pour rien. Il m'indique que la maison qu'on peut distinguer en face de l'église a brûlé. Il écrit aussi que je lui manque. J'ai tant de choses à lui raconter.

Mourir à dix-sept ans… Il y a un monde fou à l'enterrement de Guy Marcenac. Sa maison est à quelques pas de la nôtre, au bout de la rue, derrière l'école, juste à côté du salon de coiffure. C'est là qu'on va tous se faire couper les cheveux. Exactement comme on va à l'échafaud. Sept francs la coupe ! Et quel choix : coupe au bol sous l'oreille, coupe au bol mi-oreille, coupe au bol au-dessus de l'oreille. Impossible d'aller ailleurs. En sortant de là, on rase les murs… Le lendemain, il faudra retourner à l'école. Personne ne fait trop le malin pour sa coiffure par ici : tout le monde passe à l'échafaud. Le coiffeur s'appelle Gérard Piteu.

Avec cette mort accidentelle, le chagrin a mordu juste à côté de chez nous. Le pauvre s'est fait renverser par un bus. Ses parents, sa petite sœur seront obligés de vivre toute leur vie avec ça. Ou d'en mourir tout doucement, comme papa avec toi, maman.

Je me suis posté derrière un mur pour espionner le cortège. Encore des gens tristes. Ils marchent la tête basse derrière une boîte. C'est l'après-midi. Tout le village pleure. Un enfant est dans ce cercueil. J'épie jusqu'au bout la lente marche funèbre. Je veux savoir comment ils ont fait avec toi, tandis que je me tenais dans le noir. La voiture avance lentement. Le père se tient derrière, soutenant à bout de bras sa femme sans force. Tout près une jeune fille, la petite sœur ; on dirait qu'elle suit son propre enterrement. Elle est là sans l'être ; son visage éteint.

Je les regarde passer, continuer leur chemin jusque là-haut, derrière l'église. Je n'y entrerai pas. À l'intérieur, je sais ce qui va se passer : un homme va expliquer à une famille dévastée et à un village en larmes qu'il y a un Dieu pas loin d'ici qui va accueillir dans son royaume cet enfant mort. Des conneries. C'est qui ce type ? Comment peut-on profiter comme ça du chagrin des gens en racontant autant de bêtises ? Il dure un bon moment, son discours. Puis ils sortent. Revoici les hommes en cendre. Au bout du chemin, tout sera bientôt fini. On ensevelira Guy Marcenac pour toujours dans la terre.

Je me tiens caché derrière l'église. La joue collée contre une vieille pierre froide. Non, je ne veux pas les suivre jusque là-bas. Non. Pas envie d'être avec tous ces gens auprès d'un enfant mort. Pas le courage non plus d'être encore plus triste. A-t-il connu l'amour, Guy ? Avait-il une Carol dans sa vie ? Je ferme les yeux ; je n'entends que le bruit des pas de tous ces fantômes qui s'enfoncent dans le cimetière. C'était la même musique quand tu es partie. La musique lancinante de la pluie qui claque sur des volets. J'essaie d'imaginer le papa, la maman, leur fille rescapée, ce soir, quand tout sera terminé, dans le silence de leur petite maison. Ils vont se retrouver ensemble tous les trois, si seuls. Vont-ils pleurer, agenouillés devant le lit de leur petit ? Est-ce qu'ils brûleront les traces de son passage sur cette terre ? Je peux leur dire, moi : vous pouvez brûler tout ce que vous voulez, rien ne s'effacera jamais.

C'est fini. Au loin, les premières personnes quittent le cimetière, et s'éparpillent, hagardes. Chacun fuit vers sa propre vie. En priant peut-être que le chagrin prenne tout son temps avant de revenir taper à leur porte. Un vieil homme s'est approché de moi. Ses yeux rouges d'émotion. Je ne le connais pas. Il me serre trop fort dans ses bras. Ravagé de tristesse. Il pleure, il gémit. Murmure quelques mots en hoquetant : « Les enfants, ne faites pas de bêtises, faites attention à la vie. C'est important, la vie. » Il relâche son étreinte. Je regarde son corps fatigué rejoindre ce qu'il lui reste à vivre.

Mireille est morte. On a découvert des petits vers qui grouillaient dans sa blessure purulente. Le vétérinaire n'a pas pu sauver ma petite chatte une seconde fois. Il l'a endormie pour toujours. On ne l'a pas ramenée à la maison. Pas d'enterrement pour Mireille.

Sandra et moi, on s'est installés autour de la table de la cuisine. On cause de tout et rien. Elle épluche des pommes de terre et des carottes. Moi, j'enlève leurs cosses aux petits pois. Je les compte, les recompte, les fais rouler sur la table en visant un verre du bout du doigt.

« La famille Jolly est rentrée hier. T'as vu Alec ?

— Ils devaient rentrer demain… »

Je me précipite dans ma chambre. J'ouvre la fenêtre, saute sur le toit. On a ouvert en face les volets de la grande maison. Comme si on réveillait un géant après de grandes vacances de sommeil. Je m'étais presque habitué à cette maison vide, aux volets clos. Alec ! T'es où ? Alec ! Pourquoi ne viens-tu pas ? Je ne t'ai pas manqué ? T'es rentré hier et tu ne viens pas me voir ? Tu n'as pas envie de te blottir dans mes bras, là, tout de suite ? Tu ne m'aimes plus ?

Je reste là, à attendre la nuit sur le toit. Les lumières s'allument les unes après les autres autour de moi, et dans la grande villa des Jolly. La maison est donc bien vivante. Elle se réchauffe sans moi. Alec ne se montre pas.

Je mourrais qu'il s'en ficherait ! D'ailleurs c'est fait, je suis mort. Je ne bouge plus depuis des heures sur ces tuiles rouges, pas un mouvement dans cette position assise. Mes yeux sont brûlés d'avoir fixé la maison ; elle était encore la mienne avant l'été… Personne ne vient. Je peux bien tomber du toit dans la cour de l'école ; j'ai droit à l'oubli général. C'est l'heure du coucher. Aldo se pointe et s'assoit près de moi.

Sans un mot, il se met aussi à regarder la maison des Jolly, comme s'il souhaitait me prendre un peu de ma tristesse. Sa présence fait du bien. Il me montre une photo de toi, une photo sauvée du feu ! Je suis accroché à ton sein, comme un petit singe qui téterait une princesse. Difficile de ne pas penser à la rousse Patricia. Et à Carol. Si demain Alec ne se manifeste pas, je fais quoi moi ? Aldo me prend par les épaules et sans me regarder une seconde me crache enfin :

« Je suis désolé pour ton ballon. Tu veux un autre petit chat ? »

Non, je ne veux pas d'autre chat.

Je me réveille frais et je suis bien. J'ai la sensation d'avoir dormi cent ans. Un soleil chaud et doré remplit la pièce. Je reste allongé, les yeux au plafond. J'ai attendu ce jour depuis le début des vacances, le retour de mon meilleur ami, celui qui me donne le goût de vivre encore un peu. C'est lui que tu as choisi, maman, pour prendre le relais après ton départ. Je le sais au plus profond de moi. Le jour où il est entré en classe, je l'ai su. Je t'ai vue dans ses grands yeux verts tragiques. Tu le sais aussi. Quand il m'a embrassé pour la première fois en glissant ses doigts dans mes cheveux, c'est toi que j'ai embrassée. On m'a envoyé en détention au bout du monde, et enfin libéré je ne le vois pas revenir. A-t-il rencontré quelqu'un d'autre ? Un autre meilleur ami, qui l'a embrassé mieux que moi dans le Jura, alors que j'étais loin de tout, dans un véritable camp où je croupissais parmi des enfants hystériques ? Impossible. Je n'y survivrais pas. C'est un miracle si je respire encore. Alec, j'ai tellement de choses à te dire. Je suis plein à craquer de toutes ces choses à te dire. Les taire va déchirer mon corps en deux. On le sait tous les trois : nous avons toute une vie à vivre. On ne va pas mourir. Tu me l'as dit, Alec. On va se battre. Y arriver. Je sais comment t'aider à aimer ton papa. Un vrai atout, non ? J'ai aussi besoin de ta maman, sinon j'avance de travers dans mes journées. Sinon je tombe. Viens, Alec. Ne traîne pas. Je te pardonne tout.

Tu tardes. Tu dois te calmer un peu, c'est ça ? Ton cœur, qui bat si fort, a besoin de reprendre un rythme normal. Je comprends. On peut mourir d'amour fou, on le sait tous les deux. Je sais que tu me protégeras toujours de toutes tes forces. Ou alors, tu as peur ? Peur de moi… J'ai vécu tant de choses, traversé tant de violences, avec des éclairs de silence, des ruisseaux de pleurs. Tu te dis que tu ne veux pas me noyer sous un déluge d'émotions supplémentaires. Tu veux m'épargner. Tu as raison, encore une fois tu as raison. Prends ton temps. On a le temps quand on ne meurt jamais.

« Pfft ! Pourquoi tu ne vas pas le voir ? » soupire Gina au-dessus de mon lit avec son merveilleux sourire.

Son sourire est une flamme ; son sourire est un volcan ; ça emporte tout. Elle était si désespérée l'autre jour de quitter la colonie, laissant derrière ses amis, peut-être un amoureux. Tout le monde veut vivre à ses côtés, pour son élan, l'espoir qu'elle donne, la joie qu'elle transmet, l'amour qu'elle engendre. Elle apaise quiconque l'approche. Elle défait les inquiétudes. Distribue du bonheur sans rien demander en retour. Ma grande sœur est la vie. Quand elle est revenue à la maison, et a retrouvé toute la famille, elle a saisi immédiatement une nouvelle occasion d'être heureuse, de l'être complètement. Chaque recoin de la vie, pour peu que l'on gratte un peu, regorge d'instants merveilleux. Surtout quand on s'appelle Gina.

« Pourquoi tu ne vas pas là-bas ? »

Le sourire de ma sœur me donne confiance. Je le regarde briller au-dessus de mon lit. Le soleil d'une sœur.

La maman d'Alec m'ouvre la porte.

« Bruno, mon petit Bruno ! Dieu que tu es beau ! Tu as encore grandi durant les vacances ! »

Elle m'embrasse, me prend dans ses bras de lait. C'est vrai : j'ai grandi. Ma joue atteint presque la sienne. Elle sent la vanille. Quand elle relâche son étreinte, je suis toujours cramponné à elle. J'aimerais la garder contre moi un peu plus. Sa voix est si douce. Même quand elle nous parle de Jésus au catéchisme.

J'enfouis mon visage dans son tablier de cuisine.

« Ah, mon petit Bruno ! Alec n'est pas avec toi ? »

Je recule d'un pas sec sans la lâcher des mains. Je suis gêné, totalement perdu. J'ai l'impression d'être tout nu ; j'éprouve le besoin de me blottir quelque part. Je sens des larmes sur mes joues, et pourtant je ne pleure pas…

J'enfouis à nouveau mon visage dans son tablier. J'ai plaqué fermement ses jambes, je supplie à ses pieds ; elle ne dit rien. Elle a posé ses mains sur ma tête, ses doigts si doux caressent mes cheveux. Je voudrais mourir comme ça.

« Vous voulez être ma maman ? Me garder avec vous pour toujours ? »

J'aimerais sentir vos lèvres sur mon front quand vous viendrez border mon lit le soir. Je veux sourire du vrai bonheur en vous sachant tout près de moi à l'heure de m'endormir. Je veux crier au monde entier que maman est bien vivante, toujours aussi belle et près de moi.

« Tu trembles… tu es malade ? Tu sais, ta maman, tout le monde raconte qu'elle était très, très belle. J'aurais aimé la connaître. Nous aurions été amies, j'en suis persuadée. Tu sais, elle est là et le sera toujours. C'est un ange qui te protégera toute ta vie. »

Pitié, ne me parlez pas de Jésus et tout ça.

Je me relève des morts et regarde par-dessus son épaule. La maison est vide de mon Alec. Si je tremble, c'est qu'il n'est pas là. Si je tremble, c'est qu'il ne m'aime plus. Si je tremble, c'est parce que je l'aime à en crever.

Mon Alec, je suis dévasté. J'étais sûr de te trouver ici, où l'on est toujours là l'un pour l'autre. Tu n'es pas là non plus. D'ici, on peut facilement espionner les allées et venues de ton père dans la cour du collège, avec son bureau au bout du réfectoire. Tu te postes souvent derrière l'arbre du fond du parc. Tu y vas pour comprendre. Comprendre pourquoi ton père est aussi sévère alors que sa famille est parfaite, avec une maman, des enfants, qui ne savent donner que de l'amour. Pourquoi est-il si dur ? On l'a vu une fois traîner un élève par les cheveux et lui plonger la tête dans une poubelle. C'était effrayant. On s'est enfuis en courant pour se réfugier dans ta chambre. Tu as beaucoup pleuré après ça, tu t'en souviens ? Je sais combien ses élèves sont difficiles et combien leur existence est dure. Ils n'ont personne à aimer autour d'eux. Aucun exemple de vie sereine à suivre. Leurs parents sont soit morts soit alcooliques. Et très souvent violents. Ces enfants n'ont pas connu de belles histoires. Ce sont des existences sans affection. Comment la suite pourrait être heureuse ? Ton père doit se faire respecter d'eux. C'est délicat au milieu de cette jungle de perdus. Très délicat.

Je reste là tout seul. Du bout du pied, j'écrase par dépit des fourmis qui finissaient de construire leur maison au pied du grand arbre. Certaines parviennent à détaler. J'aime l'idée de décider dans ma grande clémence de leur laisser la vie sauve. Je me penche par-dessus la balustrade et repense à cet après-midi où l'on a canardé comme des fous avec des casseroles remplies d'eau les voitures qui passaient sur la route en dessous du parc. C'était tordant de les voir détaler en zigzaguant. Les pauvres types n'y comprenaient rien. Ils étaient tranquillement en train de rouler et d'un coup – splash ! –, ils recevaient toute cette eau tombée de nulle part sans rien y comprendre.

Aldo était dans le coup. Évidemment c'est lui qui sans le faire exprès a arrosé la DS de ton père. Tu te rappelles, Alec ? Comme il t'a giflé ! La terre s'est arrêtée de tourner. On n'en menait pas large de notre côté, mon frère et moi. Il nous a virés de chez toi en hurlant, hurlant. Les oiseaux dans le parc ont fait silence. Nous, on était paralysés de peur. Le visage de ton père ne ressemblait plus à rien sous l'effet de la colère. On s'est enfuis à toute blinde, avec Aldo. Et on t'a laissé là, dans les bras du diable. J'ai filé sans jeter un coup d'œil derrière moi jusqu'au bureau de mon papa. Il était en train de dessiner des maisons en chantonnant comme toujours des airs tristes « *Que lejos por mares, campos y montañas* »… Je suis resté cramponné à sa jambe sans qu'il comprenne ce qui se passait.

Alec. Peut-être joues-tu non loin avec Fifi et Claudine. Tu rêves de voir l'avion de leur papa, c'est ça ? Faut que je te retrouve, j'ai besoin de toi. Je marche de travers dans ma vie quand t'es pas là. J'espère en même temps que tu n'y es pas. Pourquoi eux et pas moi ? Après toute cette absence, c'est Fifi et Claudine que tu aurais besoin de retrouver ? Ça n'aurait aucun sens. Hey, Alec ! C'est moi, ton meilleur ami.

Tu n'es pas chez eux. Fifi est assis tout seul sous l'un des derniers soleils d'été. Il lance machinalement un ballon dégonflé contre la porte du hangar. Le ballon revient ; il le lance à nouveau. Les dernières heures de vacances, il les presse comme ça, tristement. Dans deux jours, c'est la rentrée.

« Salut !

— Salut. »

Mes bras pendent le long de mon corps. On les a débranchés. Je regarde Fifi s'ennuyer. Le ballon malade vient mourir une dernière fois derrière un pot de fleurs. Fifi n'y va pas. Il jette un œil à droite, à gauche. Personne. On est là tous les deux, esseulés, et le feu craché par le soleil ajoute à notre solitude. Soudain, Fifi prend son sourire coquin.

« Tu veux voir ? »

Il retourne vers son ballon bloqué derrière le pot de fleurs. Il soulève le pot et, du bout des doigts, extirpe une grande clef noire. Sans me regarder, il fait quelques pas et tourne la clef dans la vieille serrure du hangar. Il regarde encore une fois à droite, à gauche, puis tire l'immense porte de bois qui va en glissant avec peine sur ses vieilles roulettes fatiguées dans un crissement redoutable.

« Sésame, ouvre-toi… »

Le silence qui suit est long et magnifique. Un signe rapide de la main. Je le suis. La première chose qui m'attrape est cette odeur de vieille huile de moteur, puis tout au fond j'entrevois une ombre. On dirait un monstre tapi dans la nuit du garage qui protège on ne sait qui. Fifi empoigne une bâche sur le dessus et tire doucement. Il fait durer le plaisir. Mon cœur se met à battre très fort ; il me boxe de l'intérieur de la poitrine ; j'adore cette sensation. Fifi déshabille totalement la bête, la voici exposée dans toute sa nudité. Un grand oiseau de métal rouge et bleu. Enfin presque. Il n'est pas si grand que ça. Il est même plutôt petit. Si c'est un avion, et c'en est un, ce n'est pas l'idée que je m'en faisais ! Juste une belle coquille de noix dans laquelle on peut prendre place. Juste pour une personne… À l'arrière il y a un grand ventilateur – vraisemblablement l'hélice.

« Papa n'a pas encore fixé les ailes. »

Je pose la main sur l'arceau métallique et glisse ma tête à l'intérieur de l'habitacle. Fifi à côté de moi est rempli de fierté. Ce soir, son sourire est à jamais sur son visage.

« Allez, monte ! »

« Allez, vas-y ! »

Et si c'était Fifi qui méritait d'être mon meilleur ami ? Ce qu'il m'offre là est un cadeau de meilleur ami. Je m'installe sur le tout petit siège et boucle la ceinture.

Hop ! je saisis des deux mains le manche devant moi. J'ai fixé mon casque et posé sur mon nez des grosses lunettes. Vérification du cadran. Tripotage des instruments de navigation. Je fais tout impeccablement, sans hésitation, comme si j'avais toujours fait ça. C'est parti. Le bruit du moteur monte du fond de ma gorge.

« Brrr ! cap à l'ouest ! »

C'est moi, Bruno, le plus grand aviateur. Le monde me regarde d'en bas en retenant son souffle. L'Amérique est là devant. J'aperçois maintenant des milliers de personnes agglutinées au pied de la statue de la Liberté. Ils agitent leurs minuscules drapeaux bleu blanc rouge pour saluer mon exploit.

« J'ai vu Alec.

— Brrr ! Oui, moi aussi. Brrr !

— Il allait à la grotte des amoureux.

— Brrr ! Oui… je sais, je sais. Je dois le retrouver là-bas. »

Je stoppe net le moteur. Je baisse les yeux. Mon mensonge est ridicule. Fifi ne sourit plus. Il me regarde simplement, tendrement. On dirait qu'il lit tout, tout au fond de mon cœur. Quelque chose que je ne peux plus cacher. Je suis triste, maman. Un désespoir vertigineux.

« Merci, Fifi. Il est génial, l'avion de ton papa. »

Je serai toujours ton bébé, maman chérie. Un jour j'aurai ton âge, trente-trois ans. L'âge où tu t'es arrêtée de vivre. Pour rester ton enfant adoré, mon futur ne peut s'écrire qu'avec nos souvenirs. Que vais-je faire des autres autour ? Ceux qui vont tenter de m'aimer, de vivre avec moi ? Ne devront-ils respirer que mes souvenirs de toi ? Les autres, après tout je m'en fous. Je vais vivre ces jours que tu n'as pas vécus. C'est aussi simple que de rejoindre de ma chambre celle d'Alec en marchant sur un fil. J'ai le vertige.

Faut-il guérir de tout ? Il y avait une solution, celle de mourir avec toi. Finir de respirer à l'heure où tu as rendu ton dernier souffle. Sauter à pieds joints dans le même vide, main dans la main. J'ai raté ça aussi, ta mort. Ou plutôt on me l'a fait rater. Je n'ai su qu'après que tu étais « décédée ». Par la bouche de tonton Octave. Sans comprendre que jamais tu n'atteindrais les trente-quatre ans. Sans savoir que je n'aurais jamais plus six ans.

La peur m'encercle. Elle déploie des feux inquiétants, je suis au cœur de l'incendie. J'ai encore l'odeur de la date de ton enterrement sur mes vêtements, sous mes ongles, sous ma peau. Partout. Comme l'odeur du garage de tonton Octave.

Elle est unique.

Je monte une à une les marches de l'abrupt escalier en pierre qui saigne le flanc de la montagne surplombant Vernet. Depuis des siècles, les amoureux l'empruntent pour aller s'embrasser, sentir leur cœur brûler sous un rocher qui est le ventre de cette montagne. La grotte des amoureux. Trente et une marches, puis huit, puis dix, puis treize. Quatre séries d'escaliers en pierre. Je me débrouille toujours pour poser le pied gauche en haut d'un escalier.

Alexandre Jolly est là. Un petit vent agréable fait danser la cime des arbres. Le soleil vient frapper de ses rayons tendres. Il perce comme un voleur audacieux les failles laissées çà et là comme des plaies par les branches. Un paysage de vitraux s'est élevé autour de nous.

Je grimpe sur le muret qui prévient le vide. De là, je vois tout. La rivière qui coule nonchalamment, notre petite maison. Plus loin, celle de tonton Octave. Tout en bas du village. Là-bas, derrière une vitre épaisse, qui déformait tout, j'ai entendu pour la première fois ce mot que j'ignorais. Mireille est « décédée ».

Oui, tu es morte, maman. Pour toujours. Ce ne sera plus possible de se voir, tu ne viendras pas le soir de Noël ou lors de mes anniversaires, tu ne seras plus là, et d'ailleurs tu ne l'es plus, tu n'existes pas, tu n'existes plus, tu as tout emporté, tout l'amour dont j'avais tant besoin pour cette vie. Je voudrais que l'on brûle tout de toi, une fois encore. Qu'il n'y ait plus rien. Que reste-t-il d'ailleurs ? Tout brûler. Jusqu'à tes derniers mots d'amour. Ton dernier souffle. Ton dernier sourire.

J'écarte les ailes.

La dernière musique sera donc celle-là : un bruit de fond, un bruit blanc. Le bruit de la rivière qui roule sans relâche dans son lit tout en bas et qui résonne dans la vallée jusqu'en haut des montagnes.

Je pourrais sauter dans le vide
Pour t'impressionner
Te regarder d'en bas
Me regarder tomber.

« Arrête Bruno, arrête ! »

Derrière moi, Alec enroule ses deux bras avec douceur autour de mes épaules. Son cœur tellement vivant dans mon dos.

On reste comme ça, peut-être longtemps, puis il me ramène du côté de la vie. Je fais volte-face et descends du muret. Je le laisse m'emporter. Nos gestes sont lents, ancrés les uns dans les autres, presque englués. Tout est si calme. Les arbres là-haut ne dansent plus ; ils ont arrêté leurs mouvements de branches tranquilles. Il n'y a plus qu'Alec et moi ; nos mains réunies. Et puis elle. Elle qui nous regarde. Elle assise là, sur un petit banc de pierre. Tous les amoureux de la grotte se sont assis là un jour, sur ce petit banc de pierre. Je lui souris : elle baisse les yeux une dernière fois. Je ne verrai plus ses yeux, ne croiserai plus le regard de celle que j'ai aimée par-dessus tout plus que ma vie. C'est étrange, savoir qu'il en est ainsi.

Je tiens avec tendresse la tête d'Alexandre, caresse ses cheveux longs de mes pouces. Mes yeux entrent dans les yeux de mon bel ami – ses yeux tragiques baignés d'amour. Je t'aime Alec. Il me regarde, détourne son visage ; il la cherche, lui sourit.

La musique maintenant est un bruit de rivière continu entrecoupé de quelques coups de klaxon, que l'on entend comme des plaintes de personnages errants.

Sa bouche, je la saisis, presse mes lèvres contre les siennes, tandis qu'il ne bouge pas. L'extrémité de ma langue vient doucement effleurer ses lèvres.

J'ouvre les yeux. Elle n'est plus là. L'a-t-elle été un jour ?

Alec a passé son bras dans mon dos, il m'étreint avec force, tellement que son étreinte devient mienne. Nous fondons l'un dans l'autre. Plus rien n'existe en dehors de cette chute. J'emprisonne du bout des dents ses lèvres, il est le miroir de ce geste. Il m'a rejoint dans ce néant. Je le picore ; il est une friandise ; je savoure. Surtout ne pas y goûter trop vite. Du sang.

Il pleure maintenant, immobile. Il ne pourra jamais s'enfuir de moi. Sous mes doigts, j'entends son corps hurler, pris dans mon repaire de loup. Sa bouche, je la dévore ; du papier mâché que je déchire. Sa bouche est sang. Ma bouche est sang. Nous trébuchons.

Alec plaque ses deux mains sur son visage abîmé. Je hurle, m'enfuis. Je l'entends derrière moi crier, briser sa voix au cœur de leur grotte. Un cri d'animal battu à mort. Son sang brûle dans ma bouche. Je crache, j'avale, je cours dessus le monde, vers n'importe où je cours.

« Il est où, Dieu ? »

Mes poings fous tambourinent sur la porte de l'église. Celle de la mort. Des enterrements.

« Il est où, Dieu ? »

Ma voix se brise un peu plus à chaque question.

« Il est où, Dieu ? »

Pas de funérailles aujourd'hui. Pas de chagrin. Il dort quelque part enroulé sur lui-même, ailleurs.

« Il est où, Dieu ? »

Je dois Lui parler, seul à seul. Et comprendre.

L'homme ouvre enfin. Il me regarde d'abord effrayé. Il y a du sang sur mes lèvres et autour. J'ai chaud. La chaleur de l'été est totale. Une fièvre s'est emparée de moi ; un voile s'est baissé sur mes yeux ; je ne peux le déchirer pour voir. L'homme a la même robe que celle que je portais pour le baptême ; sauf que la sienne est d'un noir profond. À son cou pend une imposante croix en bois. Il a l'air de s'être coupé lui-même les cheveux. Il s'écarte un peu, comme pour m'inviter à entrer chez lui.

On est là, juste. Lui et moi. Les vitraux laissent passer la lumière de fin d'après-midi ; ils peignent des motifs inédits sur le sol et les murs en pierre froide, des couleurs magnifiques, irréelles, d'une violente pureté. Pendant quelques instants, mes poumons absorbent quelque chose de bon. Pendant quelques instants, ma tête retrouve sa pleine mobilité, je me détends, même si mes paupières clignent un peu nerveusement. Une suite de diapositives envahit mon esprit et défile maintenant à folle vitesse. J'éprouve durant quelques secondes délicieuses ce même bonheur étouffant que le jour où Alec confia devant moi à sa mère que j'étais son meilleur ami.

Mes pas résonnent.

« Il est où, Dieu ? »

Puis ma voix s'élève jusqu'en haut de la nef alors que j'avance dans la grande allée, avec toutes ces bougies, cette grande chaise et ces bancs bien alignés. Je les revois tous. Tous ces gens tristes qui viennent ici s'agenouiller depuis une éternité, désolés d'avoir perdu un fils ou une mère.

« Il est où, Dieu ? »

L'homme en noir ne dit toujours rien. Il ne m'effraie pas. D'ailleurs plus rien ne m'effraie. Il a un gentil visage ; ses yeux semblent vouloir consoler la terre entière. Je grimpe sur l'autel et m'approche de la grande croix de Jésus crucifié, mort pour nous. Pour que l'on vive mieux, il paraît.

Je connais l'histoire par cœur. La maman d'Alec nous l'a racontée au catéchisme. Je ne peux plus… Tous ces trucs de vie éternelle et de pardon. Du bout des doigts, je peux toucher le bout de ses pieds cloués. Je ressens la même impression que lorsqu'ils ont mis en morceaux ta photo, tu sais, à la colo. Je pourrais tuer. Si Dieu existe, mieux vaut Le détruire. S'Il se tient dans la moindre chose qui m'entoure, alors il faut tout casser. Car Il m'a tout pris, Dieu. Pas vrai, maman ?… Maman ?

Je me retourne. L'homme est là : sur le visage un sourire radieux, d'une rare puissance. Il me regarde, ou plus exactement il regarde par-dessus ma tête, comme s'il y percevait quelque chose. J'arrache sans précaution un cierge du candélabre doré, près de la grande chaise.

Je le presse fort de mes petites mains. J'essaie de le broyer. La flamme s'en fiche ; elle continue de danser au rythme de sa sempiternelle musique, celle que je connais bien, celle du baptême, de toi la dernière fois, quand tu souriais, heureuse de voir là tes quatre enfants et ton mari réunis, ensemble dans la petite église. Oui je te vois. Ta présence est bien plus grande que ce qui m'entoure. Oh je te vois, je le sais, le sens, je sens ton amour. Et Lui, te voit-Il seulement ? Je me retourne. L'homme a disparu.

Au bout de l'allée, Alec me regarde. Il sourit, la bouche en sang, d'un rouge merveilleux. Ses yeux sont d'un vert absolu.

« Il est où, Dieu ? »

Alec explose d'un coup. Il exulte. C'est lui qui hurle maintenant, heureux, comme délivré.

« Il est où, Dieu ? »

Il y a un long silence. Je lui tends le cierge. Nos deux voix reprennent de concert.

« Il est où, Dieu ? »

Nos doigts s'entremêlent et s'impriment dans la cire blanche.

Lui aussi voit tout.

Au bout de nos mains et de nos sourires, il te rencontre enfin.

Oh, maman, je te présente mon meilleur ami. Dieu comme tu vas l'aimer.

Comme ton enfant.

Comment es-tu habillée ?

Qui a choisi ta dernière robe, ta robe de funérailles ?

Un jour, avec son premier salaire, papa t'a offert une bague. C'était le premier cadeau qu'il t'a fait. Tu l'as toujours portée et je sais que c'est celle-là que tu portes à ton doigt pour toujours. Sandra me l'a confié.

Alec plaque son oreille contre le marbre. Les yeux clos, il écoute. Il t'écoute.

Je m'agenouille à mon tour. Je colle ma joue sur ce froid. Nous sommes si près les uns des autres, tous les trois. Les bouts de nos nez se frôlent. Tu es là.

Derrière toi il y a la nuit – et le cimetière désert.

Derrière toi, il y a nous.

Ils n'ont rien brûlé.

Rien de ce qui compte vraiment.

Tu es là, ma belle maman.

Ta peau est immense quand elle me touche. Ta voix est la bonté même quand elle me raconte qu'on ne va pas mourir. Jamais.

Remerciements

Caroline qui ne m'a pas lâché la main.

Hélène qui a poussé la porte du 23 rue du Cherche-Midi.

Ariane pour toutes ses lumières qui ont guidé mon premier voyage.

La photocomposition de cet ouvrage
a été réalisée par
GRAPHIC HAINAUT
30, rue Pierre Mathieu
59410 Anzin

Achevé d'imprimer en Allemagne
par GGP Media GmbH
à Pößneck
en août 2019
S28776/04